KB020115

로크미디어가
유혹하는
재미있는 세상

ROK
MEDIA
로크미디어

0레벨
플레이어

0레벨 플레이어 9

2022년 10월 7일 초판 1쇄 인쇄
2022년 10월 13일 초판 1쇄 발행

지은이 송치현
발행인 김정수 강준규

기획 이기헌 왕소현 박경무 강민구 조익현
책임편집 이정규
마케팅지원 이원선

발행처 (주)로크미디어
출판등록 2003년 3월 24일
주소 서울시 마포구 성암로 330 DMC첨단산업센터 318호
Tel (02)3273-5135 **편집** (070)7860-2726 **Fax** (02)3273-5134
홈페이지 rokmedia.com **E-mail** rokmedia@empas.com

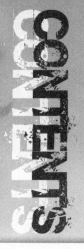

CONTENTS

일인군단

'쉽게 풀렸네.'

낚싯줄을 던지기는 했지만, 완전히 낚아 올리기 위해서는 꽤 힘겨운 신경전을 해야 할 줄 알았는데.

일이 너무 쉽게 풀렸다.

'빙화신검을 믿고 있다는 건 알았지만.'

이 정도일 줄은 몰랐다.

'지휘관 임명.'

강현수가 권신에게 지휘관 임명 스킬을 사용했다.

[플레이어 강현수가 지휘관 임명 스킬을 사용했습니다. 수락하시겠습니까?]

[예] [아니오]

권신이 자신의 눈앞에 떠오른 시스템 메시지를 바라보며 잠시 고민했다.

결심을 했다고는 하지만.

제약이 없다고는 하지만.

누군가의 수하가 된다는 사실이 달가울 리가 없었다.

그러나 빙화신검의 달라진 모습이 보여 준 유혹이 너무 강했다.

'어차피 허울일 뿐이야.'

마왕군과의 전쟁에서 힘을 보태는 건 어차피 해야 할 일.

그저 다크 나이트 소속이라는 허울을 쓰는 대가로 이 정도 버프를 받는 건 무조건 이득이었다.

권신이 예를 선택했고.

[연대장으로 임명되셨습니다.]

[모든 스텟이 20% 증가합니다.]

"오오오!"

스텟이 확 늘어났다.

그게 끝이 아니었다.

강현수가 지휘관의 축복 스킬을 시전하며 추가로 모든 스텟이 30% 증가했다.

'엄청나다.'

모든 스텟이 50%나 증가하다니?

이런 강력한 버프가 있다는 사실은 듣도 보도 못했다.

거기다 시간제한이 있는 것도 아니었다.

"감사합니다."

권신이 강현수에게 공손히 고개를 숙였다.

이런 엄청난 버프를 준 은인이니 당연했다.

"내가 너보다 위다."

권신이 얼굴 가득 미소를 피어 올리며 빙화신검에게 말했다.

"아니, 어떻게……."

빙화신검의 얼굴에 억울함이 가득했다.

"새롭게 얻은 스킬에 대한 정보는 빙화신검이 알려 줄 거다."

"알겠습니다."

궁금한 게 많던 차였다.

"어디 한번 보고해 봐."

권신의 말에 억울함으로 가득했던 빙화신검의 얼굴에 음흉한 미소가 피어올랐다.

"그래, 내가 다 알려 줄게."

그러더니 새롭게 얻은 스킬에 대한 정보들을 풀었다.

"이 사기꾼 자식이! 날 속였어! 제약 같은 거 없다며!"

권신이 분노한 얼굴로 빙화신검의 멱살을 잡았다.

자신의 생사여탈권이 강현수에게 넘어갔다.

이런 큰 제약을 이야기하지 않다니?

"어차피 사용할 일도 없는 거니까 없는 거나 마찬가지지."

빙화신검의 말에 권신이 어처구니가 없다는 표정을 지으며 입을 열었다.

"이 멍청한 놈아! 척마혈신이 죽으면 우리도 죽는 거잖아! 그건 생각 못 했냐!"

"어? 그건 그렇네."

"에휴!"

빙화신검의 대답에 권신이 긴 한숨을 토해 냈다.

그저 척마혈신의 휘하에서 싸우는 게 끝이 아니다.

무조건 척마혈신을 지켜야만 자신들도 살아남는 상황이 된 것이다.

"너를 믿은 내가 바보지."

권신이 고개를 푹 숙였다.

빙화신검이 악의를 가지고 사람을 속일 놈은 아니었다.

그래서 그를 믿었다.

그렇지만.

'저놈이 멍청하다는 사실을 깜빡했어.'

권신의 입장에서는 억울할 수밖에 없는 상황이었다.

"두고 보자."

권신이 빙화신검을 향해 으르렁거렸다.

갑자기 확 늘어난 스탯에 적응한 후 빙화신검에게 이번 일에 대한 대가를 치르게 해 줄 생각이었다.

"자기가 알려 달라고 해 놓고는."

빙화신검이 억울한 듯 중얼거렸지만.

오히려 권신의 눈에 서린 분노만 더 커질 뿐이었다.

"네가 걱정하는 일은 일어나지 않을 거다."

강현수가 권신에게 말했다.

"뭐, 그렇기는 하겠죠. 약속은 꼭 지켜 주셔야 합니다."

"물론이다."

"그럼 이만 가 보겠습니다."

강현수의 확답에 권신이 휙 하고 몸을 돌렸다.

사기를 당한 상황이니 기분이 좋을 리가 없었다.

강현수는 굳이 권신을 붙잡지 않았다.

그가 자신의 휘하에 들어왔다는 것만으로도 충분히 만족하고 있었으니까.

"그럼 저도 가 보겠습니다."

빙화신검 역시 강현수에게 살짝 고개를 숙여 보이고 자리를 떠났다.

"너무 건방진 거 아니야?"

송하나가 못마땅한 표정으로 멀어지는 두 사람을 바라봤

다.

강현수의 휘하에 들어왔음에도 저런 건방진 태도를 보이는 게 마음에 들지 않았기 때문이다.

"상관없어."

휘하에 넣은 이상 저런 건방진 태도는 시간이 지나면서 차차 해결될 것이다.

거기다 큰 선물을 받았기에 현재 강현수는 무척이나 기분이 좋았다.

그 큰 선물은 바로.

[일인사단 – S랭크가 일인군단 – SS랭크로 성장하였습니다.]

강현수의 직업인 일인사단이 일인군단으로 성장했다는 메시지였다.

'강자를 휘하에 거둘수록 직업의 랭크 상승이 빨라지지.'

이미 알고 있었다.

강현수는 오크 군단과 언데드 군단을 토벌하는 과정에서 강력한 소환수를 여럿 만들었다.

그 후에도 꾸준히 직업 스킬을 사용하고 소환수를 만들었다.

그러나 직업 랭크는 쉽게 성장할 생각을 하지 않았다.

일인사단과 일인군단의 벽이 그만큼 높다는 증거였다.

하지만.

'신의 칭호를 가진 플레이어를 둘이나 휘하에 넣었으니 당연히 올라야지.'

그간 오크 로드 카쉬쿠와 마계 귀족을 비롯해 철혈제 브라굴 대공을 포함한 최상위 네임드 플레이어 다수를 소환수로 만들어 직업 랭크의 경험치를 한계치까지 쌓았다.

그런 상황에서 빙화신검과 권신이라는 강자들이 휘하에 들어왔으니.

직업 랭크가 오르는 건 너무도 당연했다.

'이제 겨우 SS랭크야.'

전면전까지 아직 많은 시간이 남기는 했지만.

'더 부지런히 움직여야지.'

아직 SSS랭크와 EX랭크가 남아 있었다.

그리고 어쩌면…….

'그 이상이 있을 수도 있고.'

이미 유카를 통해 EX랭크의 상위 랭크의 존재를 확인했다.

'EX로 만족할 수는 없지.'

얼음 왕의 목걸이는 전투에 사용하는 경우가 아니라면 항상 북부에 보관했고.

탐식의 검과 수호의 반지에도 지속적으로 먹잇감을 던져주며 EX랭크를 넘어설 수 있는 준비를 하고 있었다.

뭐, 아직까지 특별한 수확은 없지만.

'아틀란티스 차원을 넘어오고 이제 고작 9년의 시간이 지났을 뿐이야.'

아직 많은 시간이 남아 있다.

특히 회귀 전과는 비교 불가할 정도로 엄청난 힘과 세력을 손에 넣었다.

이대로 차근차근 준비해 나간다면.

'이번에는 마왕을 쓰러트릴 수 있을 거야.'

그럼 지구로 귀환할 수 있다.

강현수의 눈이 번뜩였다.

'일단 새로운 스킬부터 파악해 볼까?'

직업 랭크가 올랐으니.

뭐가 어떻게 변했는지부터 확인해 봐야 했다.

'엄청나다.'

일인군단에 대해 살펴보던 강현수의 입이 쩍 하고 벌어졌다.

일인사단과 일인군단은 고작 한 단계 차이다.

그러나.

'아예 격이 다르다.'

보유할 수 있는 소환수의 총량부터가 그 격이 달랐다.

일인사단의 한계치는 18,800기의 소환수.

그것도 임시 연대를 포함시켰을 때의 수치였다.

그러나 일인군단은 기본이 100,000기였다.

 휘하에 세 개 직속 사단과 다섯 개의 직속 여단.

 그리고 15개의 직속 연대를 거느릴 수 있었다.

 '이건 어디까지나 기본이야.'

 아마 강현수의 의지에 따라.

 '임시 사단이나 여단을 만들 수도 있겠지.'

 강현수의 입가가 환해졌다.

 보유할 수 있는 소환수의 숫자가 늘어났다는 것만으로도 큰 이득이었지만.

 '사단장과 여단장을 임명할 수 있다는 게 크다.'

 연대장만 임명이 가능했을 때는 버프의 한계치가 20%에 불과했다.

 그러나 사단장과 여단장 임명이 가능하다면?

 '최대치가 30%로 늘어난다.'

 여기에 지휘관의 축복 랭크를 상승시키면…….

 '최대 65%.'

 기본적으로 고작 세 명만 임명할 수 있을 뿐이지만.

 '임시 사단을 운용하면 더 늘릴 수 있어.'

 모든 스텟을 늘려 줄 수 있는 60%의 버프를 받을 수 있는 여단장 역시 다섯 명이지만.

 '임시 여단을 운용하면 더 늘어날 수 있겠지.'

 산술적으로만 봐도 강현수가 운용할 수 있는 소환수의 숫자가 여섯 배 넘게 늘어났다.

여기에 임시 사단과 임시 여단까지 포함하면?

'최대 일곱 배.'

소환수만 늘어난 게 아니라 그에 걸맞게 임명할 수 있는 지휘관의 숫자도 늘어난 상황.

머릿수만 늘어난 게 아니라 휘하 지휘관과 소환수 들의 전력 자체를 끌어올릴 수 있는 상황이 펼쳐졌다.

거기다 새롭게 손에 넣은 스킬들까지 그 위력이 범상치 않았다.

'이 정도면……'

진정한 의미에서 일인군단이 될 수 있다.

'이반 야멜리코넨.'

회귀 전 일인군단이라는 칭호를 가지고 있던 플레이어.

그러나 그는 일인군단이라는 칭호로 불렸을 뿐.

진짜 일인군단을 이끈 적은 없었다.

하지만.

'나는 가능하다.'

홀로 10만이 넘는 병력의 군단을 운용하는 게 가능하다.

단순히 많은 숫자의 소환수를 거느렸기에 군단이라 불리는 게 아니라.

진짜 군단을 거느릴 수 있다.

그리고.

'아직 더 남았어.'

일인군단 위에 뭐가 있는지는 강현수도 알 수 없었다.

그러나 대략 짐작은 갔다.

'여러 군단을 휘하에 거느릴 수 있는 직업이겠지.'

기대감이 차오른다.

일인군단만으로도 10만의 군세를 거느릴 수 있다.

그 이상인 SSS랭크 직업이라면?

몇십만의 군세를 거느릴 수 있고.

EX랭크라면.

'최소 1백만.'

정말 그 정도 숫자의 소환수를 거느릴 수 있게 된다면.

'어쩌면 나 혼자 이 전쟁의 종지부를 찍을 수 있을지도 몰라.'

강현수의 눈이 번뜩였다.

자신의 숨통을 끊은 건 배신자들이었지만.

그들에 대한 복수는 차근차근 이루어지고 있다.

또 지금 가진 힘만으로 충분히 회귀 전의 원한을 갚아 줄 수 있다.

그러나 마왕군은 달랐다.

회귀 전 인류는 마왕군과의 전쟁에서 패배했다.

마계 귀족들도 문제였지만.

'마왕.'

죽음에서 부활한 불가해의 존재.

'이길 수 있어.'

최강의 플레이어들을 휘하에 담아 지휘관 임명과 지휘관의 축복으로 강화시키고.

그 뒤를 소환수들이 받친다.

마왕은 죽은 후 부활했다.

그리고 부활하자 더 강해졌다.

그게 한 번으로 끝날지 계속 반복될지는 강현수도 모른다.

그러나.

'나도 부활이 가능해.'

스텟만 넉넉하다면.

소환수는 무한 부활이 가능했다.

단지 한 가지 걸리는 점이 있다면.

'살아 있는 상태로 휘하에 든 지휘관이 죽은 후 부활하게 되면 어떻게 될까?'

혼이 떠나가고 남은 백으로만 이루어진 망자가 될까?

아니면 혼백이 온전히 존재하는 생자로 돌아올까?

지금까지는 이 궁금증을 해결할 방법이 없었다.

마왕군과의 전쟁에서 큰 도움이 될 휘하 플레이어들을 일부러 죽음으로 몰아넣을 수는 없었으니까.

또한 그들은 단순한 수하가 아니라 강현수의 동료였다.

'그렇지만 확인을 하기는 해야 해.'

그래야만 제대로 된 전략을 세울 수 있다.

'테라 왕국에 가 봐야겠군.'

회귀 전의 원한도 마무리 지으면서 테스트도 마치기 위해서는 테라 왕국으로 가야 했다.

하지만 그 전에 해야 할 일이 있었다.

강현수가 마룡 카라스, 도플갱어 킹 탈리만, 오크 로드 카쉬쿠, 데스 나이트 버나드를 소환했다.

현재 강현수가 보유한 가장 강력한 소환수들.

휘하에 있는 존재들 중 가장 강한 존재는 아크 리치 킹 리몬쉬츠였지만.

'지휘관 임명 스킬이 통하지 않아.'

그게 마족이라서 그런 건지 아니면 리치라서 그런지 모르겠지만.

아크 리치 킹 리몬쉬츠를 지휘관으로 임명하는 것도 지휘관의 축복을 내리는 것도 불가능했다.

'이 넷은 다르지.'

일단 임시 사단을 몇 개나 만들 수 있는지부터 확인해 볼 생각이었다.

강현수가 연대장 셋을 데스 나이트 버나드의 휘하에 배속시켰다.

그 순간.

[연대장 데스 나이트 버나드를 임시 사단의 지휘관으로 임명하셨습니다.]

[스탯이 소모됩니다.]

[데스 나이트 버나드의 직위가 연대장에서 사단장(진)으로 변경됩니다.]

[군단장은 1개의 임시 사단을 만들 수 있습니다.]

[임시 사단은 최소 5,000명, 최대 10,000명으로 구성할 수 있습니다.]

'고작 하나뿐인가?'

강현수의 얼굴에 아쉬움이 피어올랐다.

사단장일 때는 두 개의 임시 연대를 만들 수 있었다.

그런데 지금은?

고작 한 개의 임시 사단만 만들 수 있을 뿐이었다.

'뭐, 그때는 임시 여단을 만들 수 없었으니까.'

임시 연대가 한계였다.

그러나 지금은?

'한 번에 두 개나 풀렸어.'

임시 사단으로 끝이 아니라.

임시 여단도 만들 수가 있었다.

'임시 여단은 몇 개나 만들 수 있으려나?'

테스트가 필요했다.

0레벨
플레이어

그리고 임시라고 해도 여단장의 자리는 아무에게나 줄 수 없다.

잠시 고민하던 강현수가 버나드와 마찬가지 마계 남작 작위를 가지고 있는 데스 나이트 제라를 소환했다.

그 후 여단을 구성할 수 있는 지휘관 소환수들을 데스 나이트 제라에게 배속시켰다.

[연대장 데스 나이트 제라를 임시 여단의 지휘관으로 임명하셨습니다.]

[스텟이 소모됩니다.]

[데스 나이트 제라의 직위가 연대장에서 여단장(진)으로 변경됩니다.]

[군단장은 2개의 임시 여단을 만들 수 있습니다.]

[임시 여단은 최소 1,500명, 최대 3,000명으로 구성할 수 있습니다.]

'두 개인가?'

확실히 짰다.

그렇지만.

'배치 병력이 많아.'

본래 임시 연대까지는 정규 연대의 절반 정도의 병력만 구성이 가능했다.

그렇지만 임시 사단과 임시 여단의 경우.

'절반이 넘는다.'

정규 사단이나 여단의 절반이 아니라 2/3의 병력으로 구성할 수 있었다.

'이 정도만 해도 충분해.'

　총병력이 10만에서 11만 6천으로 늘어났다.

　여기에 임시 연대를 포함하면?

　무난하게 12만 이상의 병력을 보유할 수 있었다.

　병력도 병력이지만 사단장 하나와 여단장 둘을 더 임명할 수 있다는 게 더 큰 이득이었다.

'나머지 녀석들도 임명해 줘야겠어.'

　강현수는 마룡 카라스, 도플갱어 킹 탈리만, 오크 로드 카쉬쿠를 사단장으로 임명했다.

　그 후 오크 로드 하나를 임시 여단장에, 남은 오크 로드 둘을 정규 여단장에 임명했다.

'이제 남은 여단장 자리는 셋.'

　이 세 개는 소환수들이 아닌 휘하 지휘관에게 줄 생각이었다.

'테라 왕국만이 아니라 로크토 제국도 들러야겠네.'

　남은 여단장 자리 세 개의 주인은 이미 정해져 있었다.

'그렇지만 그 전에 저 세 사람의 직위도 올려 줘야겠지.'

　현재 송하나, 투황, 유카 모두 대대장의 직위를 가지고 있었다.

'그 전에는 연대장 자리에 여유가 없었지.'

그래서 세 사람에게 줄 수가 없었다.

그러나 이제는 상황이 달라졌다.

'버프에 의지할 이들이 아니야.'

강현수는 송하나와 투황에게 더 강한 버프와 더 좋은 아이템을 더 일찍 줄 수 있었다.

그러나 최대한 미뤘다.

본인의 것이 아닌 강현수가 준 힘이 독이 될 수도 있었으니까.

'하지만 그것도 옛날이야기지.'

송하나와 투황은 이미 그 단계를 넘어섰다.

EX랭크 아이템을 사용하면서도 그 힘에 의지해 나약해지지 않았고.

버프에 의지해 게을러지지 않았다.

'유카는 걱정할 필요도 없고.'

두 눈에 광기를 품고 강해지기 위해 노력하는 유카다.

"직업 랭크가 오른 거지?"

송하나의 물음에 강현수가 고개를 끄덕이며 입을 열었다.

"이제 일인군단이 됐어."

"사단장과 여단장을 임명할 수 있게 된 거야?"

"맞아, 사단장 넷과 여단장 일곱을 임명할 수 있게 됐어."

강현수가 고개를 끄덕이며 말했다.

"그럼?"

"연대장 자리에 여유가 생겼어. 바로 승급시켜 줄게."

강현수가 송하나를 시작으로 투황과 유카를 대대장에서 연대장으로 승급시켰다.

"고마워, 현수야!"

송하나는 멋쩍은 미소를 지으며 감사 인사를 했고.

"오오!"

투황의 입가에는 미소가 가득 피어올랐다.

"히히히!"

유카 역시 강현수의 인정을 받았다는 생각에 웃음을 멈추지 못했다.

그러나 세 사람 모두 이 정도에 만족한 건 아니었다.

'이 정도에 만족할 수는 없어.'

'더 강해져야 해.'

'꼭 인정받을 거야.'

여단장 자리가 셋 비었음에도.

그 자리는 송하나, 투황, 유카에게 돌아오지 않았다.

아직까지 강현수에게 가장 먼저, 최우선으로 높은 지위를 받는 건 소환수들이었다.

차선은 소환수거나 공석이었다.

냉정하게 평가해 송하나, 투황, 유카는 최선도 차선도 아닌 그다음에 불과했다.

세 사람은 그게 가장 아쉬웠다.

특히 튜토리얼부터 강현수와 함께했던 송하나의 경우.

강현수의 첫 번째 동료이자 지휘관이었다.

그런 송하나에게 있어 자신의 순위가 점점 뒤로 밀린다는 건.

'꼭 첫 번째가 될 거야!'

참을 수 없는 치욕 중 하나였다.

"당분간 여기서 사냥하고 있어. 난 잠깐 다녀올 데가 있어서."

강현수의 말에.

"빈 여단장 자리를 채울 생각인가 보네?"

사단장의 경우 네 기의 소환수를 임명하면서 TO가 찼다.

그러나 여단장의 경우 아직 세 자리가 남아 있었다.

"어, 그렇게 오래 걸리지는 않을 거야."

"알았어, 다녀와."

송하나의 말에 강현수가 미소를 지은 후 비행형 소환수를 소환해 그 등에 타고 몸을 날렸다.

'이번이 마지막이야.'

송하나가 주먹을 움켜쥐었다.

이번에는 선택받지 못했다.

그러나 다음번 강현수의 직업 랭크가 올랐을 때는?

'첫 번째로 승급받고 말겠어.'

송하나는 그 다짐을 지키기 위해 다시금 검을 움켜쥐며 몬스터 사냥을 시작했다.

송하나의 뒤를 이어 투황과 유카도 무서운 속도로 몬스터들을 사냥해 나갔고.

그날부터 고레벨 사냥터의 몬스터 씨 마르는 속도가 월등히 빨라졌다.

강현수가 가장 먼저 향한 곳은 테라 왕국이었다.

'오랜만에 오네.'

처음은 아틀란티스 차원에 발을 디뎠을 때였고.

마지막은 황소욱의 경험치를 빨아먹기 위해서였다.

'레벨을 꽤 많이 올려놨겠지?'

전에 찾아오고 꽤 오랜 시간이 지났으니 지금쯤이면 못해도 500레벨 이상은 찍었을 것이다.

'얼른 마무리해야지.'

빙화신검과 권신을 지휘관에 임명하고 소환수들과 송하나 일행의 직위를 올려 줬기에 현재 강현수의 스텟은 거의 바닥을 찍고 있었다.

'이곳 일을 마무리 짓고 사냥에 열중한다.'

10만이 넘어가는 소환수를 만들려면?

상상을 초월하는 스텟이 필요했다.

'잠시도 쉴 틈이 없어.'

최대한 부지런히 움직여야 했다.

강현수가 가장 먼저 발해길드를 찾아갔다.

"누구십니까?"

발해길드의 길드 하우스에 도착하자 입구를 지키던 길드원들이 앞을 가로막았다.

"길드 마스터를 만나러 왔다."

쓱.

강현수가 말과 함께 패 하나를 내밀었다.

타 차원 출신 플레이어 연합 간부의 신분을 상징하는 패였다.

"아, 연합에서 나오셨군요. 들어가시죠."

입구를 지키던 길드원들이 공손히 강현수를 안내했다.

'자리를 잘 잡았나 보네.'

타 차원 출신 플레이어 연합은 강현수의 지시에 의해 적염제 도르초프를 중심으로 만들어졌다.

발해길드는 타 차원 출신 플레이어 연합의 일원.

표정이 부드러운 걸로 봐서.

'알력 다툼 같은 건 없어 보이네.'

자존심 강한 거대 길드들을 뭉쳐 놨기에 걱정을 했는데, 다행히 적염제 도르초프가 잘 아우른 듯 보였다.

'뭐, 둘 다 내 휘하에 있어서 그런 걸 수도 있고.'

다른 거대 길드와 알력 다툼이 발생할 수도 있었지만.

강현수는 적염제 도르초프를 믿었다.

"오셨습니까."

발해길드의 길드 마스터 검왕 장석원이 공손히 고개를 숙이며 강현수를 반겼다.

"그동안 별일 없었나?"

"네, 그냥 다람쥐 쳇바퀴 돌듯 사냥만 하면서 시간을 보냈습니다."

검왕 장석원의 표정에는 자신감이 넘쳤다.

강현수 덕분에 꽁으로 업적들을 얻었고.

오크 군단과 언데드 군단을 토벌하며 광렙을 했으니 그럴 만도 했다.

'그 후에도 꾸준히 사냥에 열중한 것 같고.'

별일 아니라는 듯 다람쥐 쳇바퀴 돌듯 사냥만 했다고 했지만.

'그게 쉬운 일은 아니지.'

검왕 장석원의 레벨이라면?

1레벨을 위해서 엄청난 시간을 투자해야 한다.

강현수 덕분에 업적을 얻고 광렙을 한 것에 비하면?

노력에 비해 보잘것없는 성과일 것이다.

하지만.

'그 보잘것없는 성과에 열중하는 것도 재능이지.'

꾸준함, 끈기, 성실.

가장 기본이 되는 것이지만.

최상위 네임드 플레이어가 되기 위해서는 꼭 가지고 있어야 하는 재능이었다.

"그런데 무슨 일로 절 찾아오신 겁니까?"

검왕 장석원이 의아한 얼굴로 물었다.

"줄 게 있어서."

"네?"

검왕 장석원의 물음에 강현수가 지휘관 임명 스킬을 사용했다.

[대대장 장석원을 여단의 지휘관으로 임명하셨습니다.]

[스텟이 소모됩니다.]

[장석원의 직위가 연대장에서 여단장으로 변경됩니다.]

"오오오!"

단번에 직위가 2단계나 올라갔다.

모든 스텟이 10%나 증가한 것이다.

당연히 그 변화가 강력할 수밖에 없었다.

"감사합니다, 주군!"

검왕 장석원이 그대로 무릎을 꿇었다.

강현수의 휘하에 들어간 이후.

대량의 업적을 거저 얻었다.

광렙도 했다.

반면 검왕 장석원이 강현수에게 제대로 된 도움을 준 적은?

'없었어.'

그런데도 이런 엄청난 힘을 쥐여 주다니?

검왕 장석원으로서는 감격할 수밖에 없었다.

"인의군왕과 적염제도 너와 같은 직위를 받을 거야."

"제가 첫 번째군요."

검왕 장석원의 눈이 반짝였다.

"해야 할 일은 알고 있겠지?"

"타 차원 출신 플레이어 연합의 결속력과 장악력을 최대한 높이겠습니다."

검왕 장석원의 대답에 강현수가 미소를 지었다.

단번에 말귀를 알아들으니 다행이다.

검왕 장석원, 인의군왕 신창후, 적염제 도르초프.

강현수는 이 셋을 여단장으로 점찍었다.

그동안은 임명할 수 있는 고위 지휘관의 숫자가 적어 이 셋을 대대장에 머무르게 할 수밖에 없었지만.

'이제는 상황이 다르지.'

연대장 자리도 넉넉했고 대대장 자리는 남아돌았다.

'이 정도면 타 차원 출신 플레이어 연합을 장악할 수 있겠

지.'

검왕 장석원, 인의군왕 신창후, 적염제 도르초프이 세 사람은 타 차원 출신 플레이어 연합의 핵심이다.

'황제인 세실리아가 도움을 준다고는 하지만, 중요한 건 이 세 사람이야.'

대대장에서 여단장이 된 만큼 휘하에 거둘 수 있는 지휘관의 숫자도 늘어나게 된다.

'그게 끝이 아니지.'

여단장은 아홉 명의 대대장을 거느릴 수 있다.

'대대장일 때는 고작 중대장 넷을 거느릴 뿐이지.'

소대장과 분대장의 경우도 임명이 가능하지만.

'버프의 효과가 너무 적지.'

아홉 명의 대대장을 임명할 수 있게 된 만큼.

강력한 버프를 미끼로 휘하에 끌어들일 수 있는 이들의 숫자가 급격히 늘어날 것이다.

이끌 대상 역시 검왕 장석원이 길드 마스터로 있는 발해길드가 아니라.

'타 차원 출신 플레이어 연합에 속한 길드장들이 되어야 한다.'

로크토 제국의 황제인 세실리아를 손에 넣고.

사클란트 제국의 황제 카를 13세의 눈을 돌렸다.

거기다 타 차원 출신 플레이어 연합을 만들었다.

이로 인해.

'회귀 전 벌어진 각국과 타 차원 출신 플레이어의 전쟁을 막았어.'

그러나 여기서 만족할 수는 없었다.

플레이어들 간의 전쟁 역시 아틀란티스 차원의 전력을 갉아먹은 원흉 중 하나였으니까.

'하나의 깃발 아래 모였다고 다툼이 없을 수는 없지.'

오히려 파벌을 가르고 세력을 모아 타 차원 출신 플레이어 연합을 장악하려는 자들이 분명히 나올 것이다.

그걸 막기 위해서는.

타 차원 출신 플레이어 연합의 수장인 적염제 도르초프와 그를 전적으로 돕는 검왕 장석원, 인의군왕 신창후에게 힘을 실어 줄 필요가 있었다.

아틀란티스 차원은 누가 뭐라고 해도 힘을 최우선으로 생각하는 약육강식의 세상이었으니까.

'그러고 보니 그 녀석의 직위도 올려 줘야겠군.'

멸마창왕 진구평.

'연대장이면 충분하겠지?'

그 녀석의 실력이면.

'그것도 과분하지.'

그나마 중화길드의 길드 마스터 자리와 왕의 칭호를 잘 지키고 있기에 연대장으로 승급시켜 주는 것이다.

멸마창왕 진구평도 타 차원 출신 플레이어 연합을 지탱하는 기둥 중 하나였으니까.

'원래는 교체를 생각했었는데.'

나름 필사적으로 따라오고 있으니 당분간은 두고 봐도 될 것 같았다.

"고려길드로 가실 겁니까?"

검왕 장석원이 강현수에게 물었다.

자신에게 볼일이 끝났으니 인의군왕 신창후에게 갈 거라고 생각한 것이다.

"아니, 그 전에 확인할 게 있어. 지켜보라고 지시한 놈들에 대한 정보를 가지고 와라."

"이광호와 이철민 말씀이십니까?"

검왕 장석원의 물음에 강현수가 고개를 끄덕였다.

"잠시만 기다려 주십시오. 금방 가지고 오겠습니다."

검왕 장석원이 자리를 떠났다.

'이번 기회에 정리한다.'

검신 이광호.

수호신 이철민.

강현수의 뒤통수를 친 배신자이자.

회귀 전 탐식의 검과 수호의 반지의 주인이었던 자들.

이제 그들의 운명을 결정할 차례였다.

테스트

잠시 후 검왕 장석원이 두툼한 서류 뭉치 두 개를 가지고 등장했다.

이 안에 검신 이광호와 수호신 이철민의 정보가 기재되어 있을 것이다.

강현수가 서류 뭉치 두 개를 받아 들었다.

그리고 그중 한 서류 뭉치를 들고 한 장 한 장 넘기며 빠르게 읽어 나갔다.

'의외네.'

강현수의 표정이 시시각각 변했다.

탐식의 검.

검신 이광호의 애병이자, 그가 신의 칭호를 손에 넣을 수 있었던 이유.

그러나 단순히 아이템 하나를 얻었다고 해서 신의 칭호를 얻을 수는 없다.

그렇기에 강현수는 검신 이광호가 탐식의 검을 손에 넣지 못했어도 무난히 상위 네임드 플레이어가 되었을 것이라고 확신했다.

그리고 그 예상은 반만 들어맞았다.

'검귀라.'

네임드 플레이어의 자리를 손에 넣었다.

강현수의 손에 의해 사망하고 소환수가 된 중화길드의 검귀.

그 후 사라졌던 칭호가 이광호의 손에 들어갔다.

'나름 뛰어나기는 하지만…….'

강현수의 기대에는 미치지 못했다.

회귀 전의 검신 이광호였다면?

'지금쯤 최상위 네임드 플레이어의 칭호를 손에 넣었겠지.'

성장 속도가 확연히 느렸다.

거기다.

'이놈의 성격은 어딜 가지 않는군.'

보고서의 네 줄.

노예 상인과 손을 잡은 것으로 의심되는 정황을 발견함.

노예 상인 토벌 때 함께 고발해 체포됨.

베록커토 영지의 감옥에 수감.

현재 재판이 진행 중.

'명확한 증거가 없어서 재판이 난항을 겪고 있는 모양이군.'

추가로 베록커토의 영주가 검신 이광호를 포섭 중이라는 내용이 들어 있었다.

'네임드 플레이어라 살려 둔 모양이네.'

아니었다면?

이미 목이 날아갔을 것이다.

명확한 증거 없이 정황만 발견되었기에 영주의 의사에 따라 살아남을 수도 있었다.

'여전히 철저하네.'

검신 이광호라면 노예 상인과 손을 잡고도 남을 놈이었다.

검신이라는 칭호를 손에 넣고도 뒷구멍으로는 온갖 구린 일을 했던 놈이다.

'회귀 후에도 여전하구나.'

자신에게 이득이 될 일이라면?

그것이 범죄라고 해도 망설이지 않는 자.

그가 바로 검신 이광호였다.

'테스트 후 처리하는 게 좋겠어.'

강현수가 검신 이광호의 처분을 결정짓고.

다른 서류 뭉치를 집어 들었다.

'이놈은 진짜 별거 없네.'

수호신 이철민.

나름 상위권 플레이어로 명성을 떨치고 있기는 했지만.

회귀 전과 비교하면?

너무도 보잘것없는 위치였다.

'하긴 자력으로 만든 EX랭크 스킬이 단 하나도 없는 놈이었으니.'

검신 이광호는 그나마 본인의 노력과 재능이라도 갈아 넣었지만.

수호신 이철민은 정말 철저하게 수호의 반지빨로 신의 칭호를 손에 넣었다.

'진짜 사람은 변하지 않는구나.'

수호신 이철민도 감옥에 들어가 있었다.

죄목은 머더러 플레이어.

함께 파티를 구성했던 파티원들을 전멸시키고 아이템을 챙기려는 수작을 부리다가.

감시하고 있던 발해길드원들에 의해 범행이 발각되어 미수에 그쳤다.

'발해길드가 감시하지 않았다면 미수범이 아니라 상습범이 되었겠지.'

현재 수호신 이철민은 검신 이광호와 마찬가지로 베록커

토 영지의 감옥에 수감 중으로, 재판을 받고 있었다.

'욕심과 과시욕이 많은 놈이었지.'

회귀 전에도 그 욕심과 과시욕을 채우기 위해 은밀히 범법 행위를 저질렀었다.

'수호의 반지가 어떻게 그렇게 빨리 EX랭크로 성장한 건지 의심하는 사람도 많았고.'

수호의 반지는 돈 잡아먹는 귀신이다.

무일푼이었던 수호신 이철민이 어떻게 그렇게 빨리 수호의 반지를 성장시킬 수 있었을까?

'머더러 플레이어 짓을 해서지.'

회귀 전 수호신 이철민이 명성을 떨치기 전 머더러 플레이어로 활동했다는 소문이 돌았다.

그러나 수호신이라고 불린 이철민의 명성을 질투하는 자들이 퍼트린 헛소문이라는 의견이 우세했다.

한데 이번에는 달랐다.

머더러 플레이어 짓을 하다 발각된 것이다.

'멍청한 놈이 욕심만 많았구나.'

강현수가 검신 이광호와 수호신 이철민을 감시만 한 이유는?

그들의 죄가 회귀 전으로 한정되어 있었기 때문이다.

또한 회귀 전 신의 칭호를 가진 이들인 만큼 주력 아이템인 탐식의 검과 수호의 반지가 없는 상황에서 얼마나 성장할지 궁금했다.

제법 쓸 만하게 성장했다면?

마왕군과의 전쟁에서 선봉에 세울 생각이었다.

하지만.

'둘 다 기대 이하야.'

검신 이광호는 네임드 플레이어로 성장했지만.

그게 다였다.

거기다 더러운 짓에 손을 대는 버릇을 버리지 못했다.

강현수가 발해길드에게 감시를 지시하지 않았다면?

'지금도 온갖 범죄를 저지르며 살아가고 있겠지.'

결론은 정해졌다.

'둘 다 사형이다.'

그러나 바로 죽이지는 않을 생각이었다.

사형수 두 사람이 필요한 실험이 남아 있었으니까 말이다.

＊

강현수는 대도시 베록커토의 영주 성으로 향했다.

대도시 베록커토의 실질적인 지배자는 발해길드지만.

'공식적인 지배자는 영주지.'

대도시 베록커토의 영주이자 백작의 작위를 가진 고위 귀족.

그가 현재 검신 이광호와 수호신 이철민의 생사여탈권을 쥐고 있다.

'황실과 손을 잡은 게 이렇게 영향을 미치네.'

로크토 제국과 타 차원 출신 플레이어 연합이 손을 잡으면서 발해길드는 많은 이득을 얻었다.

그러나 얻는 게 있으면 잃는 것도 있어야 하는 법.

영주의 권위를 인정해 주면서 공권력이 크게 올라갔다.

'황실과 암묵적인 적대 관계였다면 검신 이광호와 수호신 이철민이 발해길드의 감옥에 있었겠지.'

하나 영주의 권위를 인정해 주면서.

발해길드가 검신 이광호와 수호신 이철민을 자체 처벌하지 않고 영주에게 넘겨준 것이다.

그 때문에 일이 조금 번거롭게 되기는 했지만.

'큰 문제는 아니지.'

베록커토의 영주는 강현수에게 있어서도 별로 기억에 남는 점이 없었다.

사실상 발해길드에게 영지의 영향력을 거의 빼앗긴 자였으니까 말이다.

'욕심이 있는 놈이었나 보네.'

그러니 이런 수작을 부리는 것이리라.

범죄자인 검신 이광호를 자신의 수하로 삼으려 하다니?

'멍청한 놈.'

검신 이광호는 누군가의 아래 있을 인간이 아니었다.

영주가 검신 이광호를 수하로 삼는다면?

'반대로 잡아먹히겠지.'

지금 상황도 웃겼다.

검신 이광호는 범죄자 신분으로 영주의 의사에 따라 생사가 결정되는 위급한 처지다.

'그런데 계속 시간만 흘러가고 있어.'

발해길드의 귀에 영주가 이광호를 포섭 중이라는 정보까지 흘러 들어갔다.

그 말은 갑의 위치에 있는 영주가 을의 위치에 있는 검신 이광호에게 반대로 끌려가고 있다는 뜻이었다.

'뭐, 중요한 건 아니지.'

어차피 검신 이광호의 운명은 영주가 아니라 강현수가 결정하게 될 테니까 말이다.

"멈춰라!"

강현수가 영주 성을 향해 다가가자 경비병들이 막아섰다.

쓱.

강현수가 별다른 말 없이 손을 들어 인장을 활성화시켰다.

화악!

밝은 빛무리와 함께 로크토 제국 공작의 인장이 생겨났고.

"고, 공작 각하를 뵙습니다!"

경비병들이 화들짝 놀라 고개를 숙였다.

"영주에게 내가 왔음을 알려라."

"예!"

경비병들이 다급히 소식을 전했고.

그리 오래지 않아 영주가 호위 기사들과 함께 황급히 모습을 드러냈다.

"공작 각하를 뵙습니다!"

베록커토의 영주 와이더 백작이 깍듯이 고개를 숙이며 강현수에게 인사를 했다.

백작은 고위 귀족이다.

특히 대도시 베록커토의 영주는?

같은 백작들 사이에서도 목에 힘 좀 주고 다닐 수 있는 인물이다.

그러나 공작.

그것도 테라 왕국의 공작도 아니고 로크토 제국의 공작을 상대로는 아무런 부질이 없었다.

로크토 제국의 공작은 제후국인 테라 왕국의 국왕이라고 해도 함부로 할 수 없는 최고위 귀족이었으니까 말이다.

"한데 누구신지?"

상대가 로크토 제국의 공작이라는 사실을 인장으로 알 수 있었지만.

정확히 누구인지는 몰랐다.

"그건 알 필요 없다. 이 감옥에 이광호와 이철민이라는 플레이어가 갇혀 있다고 들었다. 그들을 데리고 오도록."

강현수의 말에 와이더 백작의 얼굴이 살짝 일그러졌다.

이광호는 자신이 열심히 작업 중이던 인물이었기 때문이
다.

"송구하지만 이유를 알 수 있겠습니까?"

"그 둘은 로크토 제국에서 수배 중인 죄인이다."

"그게 무슨?"

와이더 백작은 어처구니가 없었다.

둘 모두 테라 왕국에서만 쭉 활동해 왔는데 어떻게 로크토
제국의 죄인이 될 수 있다는 말인가?

"체포 영장을 보여 주시면 넘겨드리겠습니다."

와이더 백작이 당당하게 나갔다.

자신이 공들인 먹잇감을 이렇게 어처구니없게 빼앗길 수
는 없었기 때문이다.

"그런 건 없는데."

"그럼 넘겨드릴 수 없습니다. 정식 절차를 밟아서 오시지
요."

와이더 백작은 당당하게 나가기로 했다.

상대의 신분이 높다고는 하지만.

이곳은 테라 왕국의 대도시 베록커토였고.

자신은 이곳의 영주였다.

"로크토 제국의 죄인을 감싸는 건가?"

강현수의 말에 와이더 백작의 얼굴이 창백해졌다.

"그 둘은 베록커토의 영지민이자 테라 왕국의 백성입니다. 그리고 저는 영지민을 지켜야 할 의무가 있는 베록커토의 영주입니다."

쉽게 말해 아무리 로크토 제국의 공작이라고 해도 말 한마디에 영지민을 넘길 수는 없다는 뜻이었다.

와이더 백작이 이렇게 당당하게 나갈 수 있는 이유는 하나.

'혼자야.'

공작 정도의 대귀족이 홀로 다니는 경우는 없다고 봐도 무방했다.

그것도 이런 타국에서.

'가짜일지도 모른다.'

고위 귀족의 인장 위조는 거의 불가능이나 마찬가지다.

하지만.

불가능이나 마찬가지인 거지 불가능은 아니었다.

설사 인장이 진짜라고 해도.

'그리 권세 있는 공작은 아닐 거야.'

어쩌면 작위만 남은 몰락 귀족일 수도 있다.

권세 있는 대귀족이 홀로 다닐 일은 없으니까.

그럼 그리 크게 걱정할 게 없었다.

'자기가 뭘 어쩔 거야.'

와이더 백작이 예의를 갖추지 않은 것도 아니고.

없는 절차를 이야기한 것도 아니다.

자신이 강하게 나가면?

이대로 물러나거나 정식 절차를 밟아 다시 올 수밖에 없다.

'그동안 검귀를 빼돌리면 그만이야.'

사형시켜 버렸다고 한 후 빼돌리면 끝이다.

"좋게 이야기하려고 했더니."

강현수가 얼굴을 찌푸리며 손을 들었다.

슈슈슉!

그와 동시에 전신 갑주로 무장한 일단의 기사 1백 명이 마력을 줄줄 뿜어내며 모습을 드러냈다.

"죄인을 감싸는 걸 보니 한패가 틀림없어 보이는군."

강현수의 말에 와이더 백작이 살짝 놀란 표정을 지었다.

그러나 전혀 두려워하는 표정이 아니었다.

전원 고레벨 플레이어로 이루어진 자신의 호위 기사들을 믿었기 때문이다.

그런데.

"영주님, 저들 모두 랭커인 것 같습니다."

믿고 있던 호위 기사가 어처구니없는 말을 내뱉었다.

"뭐? 랭커?"

"네."

"저들 모두가?"

"그런 것 같습니다."

호위 기사의 말에 와이더 백작의 얼굴이 창백하게 변했다.

랭커가 누구 집 개 이름도 아니고.

어찌 1백 명이나 보유할 수 있단 말인가?

거대 길드가 보유한 랭커도 고작 열 명 남짓이다.

1백 명의 랭커를 거느리려면?

일국의 왕 정도는 되어야 했다.

'이런 망할!'

가짜도, 권세 없는 공작도 아니었다.

'진짜였어.'

상대는 테라 왕국의 국왕도 함부로 할 수 없는 로크토 제국의 제대로 된 공작이었다.

"절대 그 죄인들과 한패가 아닙니다! 당장 그 죄인들을 내어 드리겠습니다! 당장 가서 그 두 놈 끌고 와!"

"예!"

와이더 백작의 외침에 호위 기사가 전력을 다해 영주 성 내부로 질주했다.

그 모습을 목격한 강현수가 손짓했고.

1백 명의 기사들이 순식간에 모습을 감췄다.

'꼭 힘을 보여 줘야 말을 듣네.'

사실 신분을 정확히 밝혔다면 이런 사고는 없었을 것이다.

와이더 백작이 신의 칭호를 가진 플레이어이자 로크토 제국 황제의 전폭적인 지지를 받는 공작에게 뻗댈 배짱은 없어 보였으니까.

그러나.

이건 일종의 배려였다.

'내 신분을 밝혔다가는 오히려 난리가 났을 테니까.'

그간 강현수는 척마혈신의 이름으로 마왕의 하수인들을 때려잡았다.

그런 강현수가 베록커토 출신 죄인 둘을 데리고 간다면?

대도시 베록커토에 마왕의 하수인이 암약하고 있었다는 소문이 돌며 큰 소동이 일어날 수도 있었다.

또 대도시 베록커토의 지배자들에게 악영향이 간다.

와이더 백작의 명성이 떨어지는 건 상관없지만.

발해길드의 위명이 떨어지는 건 상관이 있다.

'괜히 민폐 끼칠 필요는 없지.'

이번 일은 조용히 해결하는 게 좋았다.

잠시 후.

마력 억제기를 차고 있는 검신 이광호와 수호신 이철민이 모습을 드러냈다.

"당장 넘겨드려."

와이더 백작의 명령에 기사들이 두 사람의 신병을 강현수에게 양도했다.

"수고했다."

"저, 바쁘신 게 아니라면 잠시 시간을 내주실 수 있을지. 제게 공작 각하를 접대할 수 있는 영광을 주십시오."

와이더 백작의 허리를 넙죽 숙이며 부탁했지만.

"다음에 들를 일이 있을 때 찾아오도록 하지."

강현수가 그 말과 함께 검신 이광호와 수호신 이철민을 데리고 자리를 떴다.

"아……."

와이더 백작이 그 광경을 아쉽게 바라봤다.

죄수 둘을 넘기고 로크토 제국의 공작과 친분도 쌓지 못했으니 손해만 본 꼴이었다.

한편 와이더 백작의 손에 있다가 강현수에게 소유권이 넘겨진 검신 이광호와 수호신 이철민은 열심히 머리를 굴리고 있었다.

'로크토 제국의 공작이 왜 나를?'

'혹시 영입인가?'

로크토 제국의 죄인이라고 했지만.

검신 이광호와 수호신 이철민은 로크토 제국의 영토를 단한 번도 밟은 적이 없었다.

그러니 당연히 이게 자신들을 빼돌리기 위한 핑계라는 사실을 알아차렸다.

'기회다.'

'살 수 있어.'

검신 이광호와 수호신 이철민이 마른침을 꿀꺽 삼키며 강현수의 눈치를 살폈다.

잠시 후 목적지에 도착했다.

'왜 이런 곳으로?'

검신 이광호가 의아한 표정을 지었다.

강현수가 두 사람을 데리고 온 장소가 인적이 드문 숲이었기 때문이다.

몬스터가 출몰하는 지역도 아니기에 플레이어의 인적도 드문 장소였다.

"너희 둘에게는 선택지가 없다. 그러니 무조건 받아들여라."

강현수가 그 말과 함께 검신 이광호와 수호신 이철민에게 지휘관 임명 스킬을 시전했다.

[플레이어 강현수가 지휘관 임명 스킬을 사용했습니다. 수락하시겠습니까?]

[예] [아니오]

두 사람의 눈앞에 시스템 메시지가 떠올랐다.

"이게 뭡니까?"

수호신 이철민이 의아한 표정으로 강현수에게 물었다.

"받아들여라."

"받아들이면 어떤 이득이 있는지 말씀을 해 주셔야 받아들일 것이 아니겠습니까?"

검신 이광호가 자신감 어린 표정으로 강현수에게 물었다.

'역시 나를 포섭하러 온 게 확실해.'

아틀란티스 차원을 넘어와 고작 4년 만에 네임드 플레이어가 되었다.

발해길드나 고려길드 같은 거대 길드에 입단할 수 있었다면?

훨씬 더 빨리 네임드 플레이어가 되었을 것이다.

그러나 거대 길드에 입단하지 못해 중소 길드에 입단해야 했고.

그들을 잡아먹으며 빠르게 힘을 키웠지만.

고작 네임드 플레이어가 한계였다.

'나한테는 계속 기회가 없었어.'

오히려 기회라고 생각해 잡았던 줄이 썩은 동아줄이어서 감옥에 갇히는 신세가 되었다.

하나 이제는 상황이 달랐다.

'로크토 제국의 공작이 나를 원하고 있어.'

어영부영 끌려갈 생각은 없었다.

이 기회를 최대한 이용해야 자신이 성장할 수 있는 발판이 될 테니까 말이다.

"이득이 있어야만 수락하겠다는 건가?"

강현수의 물음에.

"그게 당연한 거 아니겠습니까."

검신 이광호가 당당하게 입을 열었다.

"맞습니다. 아무런 대가 없이 수하가 될 수는 없지요."

눈치를 보던 수호신 이철민이 재빨리 검신 이광호와 뜻을 함께했다.

둘이 힘을 합쳐야 더 좋은 보상을 받을 수 있다는 생각이 든 것이다.

"난 이미 큰 이득을 줬다고 생각했는데?"

"전 감옥에서 얼마든지 자력으로 빠져나올 수 있었습니다."

검신 이광호가 당당하게 이야기했고.

"그건 저도 마찬가지입니다."

수호신 이철민은 묻어 갔다.

"감옥에서 빼 준 것을 이야기한 게 아니다. 네놈들의 숨통이 지금까지 붙어 있는 걸 이야기한 거지."

"하! 그게 무슨 헛소리입니까!"

검신 이광호가 얼굴을 찌푸리며 목소리를 높였다.

지금은 강하게 나가야 할 때라고 생각했기 때문이다.

그 순간.

서걱!

강현수의 손에 들린 검이 가볍게 휘둘러졌고.

툭!

검신 이광호의 오른팔이 잘려 나갔다.

피가 분수처럼 쏟아져 나와 바닥을 적셨고.

"아아아악!"

팔이 잘린 검신 이광호의 입에서 처절한 비명이 터져 나왔다.

"이제 헛소리가 아니라는 것 정도는 알아차렸겠지."

강현수의 말에 검신 이광호가 이를 악물었다.

자신이 큰 착각을 했다.

'이놈은 우리를 수하로 써먹기 위해 감옥에서 데리고 온 게 아니야.'

왼팔도 아니고 오른팔을 잘랐다.

검사인 이광호로서는 치명적인 타격이었다.

수하로 써먹을 생각이었다면?

절대 오른팔을 자르지 않았으리라.

"왼팔마저 잘려 나가고 싶지 않다면 수락해라."

강현수가 그 말과 함께 수호신 이철민에게로 시선을 돌렸다.

"네놈에게도 현실을 알려 줄 필요가 있겠군."

"아닙니다! 안 알려 주셔도 됩니다!"

수호신 이철민이 재빨리 강현수의 지휘관 임명을 수락했다.

강현수의 시선이 다시금 검신 이광호에게로 향했다.

스윽.

강현수가 검을 들어 올려 왼팔을 잘라 내려는 순간.

"수락했습니다!"

검신 이광호 역시 강현수의 지휘관 임명을 수락했다.

'기본 조건이 갖춰졌네.'

검신 이광호와 수호신 이철민.

강현수의 원수이자 테스트를 위한 실험체.

테스트를 위해서는 둘 모두 강현수의 휘하에 들어야 했다.

화악!

강현수가 검신 이광호에게 불멸의 성화를 시전했다.

순식간에 피가 멈추고 잘려 나간 오른팔의 상처가 치료되었다.

그러나 그게 끝이었다.

잘려 나간 오른팔이 다시 어깨에 붙는다든가.

오른팔이 다시 자라난다든가 하는 일은 없었다.

"받아라."

강현수가 구슬 하나를 검신 이광호에게 넘겼다.

얼떨결에 왼팔로 구슬을 집어 든 검신 이광호의 눈앞에 난생처음 보는 핏빛 메시지가 떠올랐다.

[마기의 구슬에 마기가 가득 찼습니다. 마기를 흡수하시겠습니까?]
[예] [아니오]

"예를 선택해라."

강현수의 지시에 검신 이광호가 두려운 눈빛을 지었다.

마기.

오직 마족만이 지닐 수 있는 기운.

"선택권은 없는 겁니까?"

검신 이광호의 물음에 강현수가 고개를 끄덕였다.

'이런 빌어먹을.'

검신 이광호는 그제야 상대가 자신을 끄집어낸 이유를 알아차렸다.

'날 실험용 쥐 새끼로 사용하다니.'

플레이어가 마기를 받아들이면 어떻게 될지에 대한 테스트 상대로 자신이 선택된 것이다.

마음 같아서는 거절하고 싶었다.

마족이 될지도 모르고.

마족이 되면 그대로 이 자리에서 목이 달아날 확률이 높았으니까.

그러나.

'선택지가 없어.'

살기 위해서는 무조건 상대의 말에 따라야 했다.

"왼팔마저 잃고 싶나?"

강현수의 압박에 검신 이광호가 어쩔 수 없다는 듯 예를 선택했다.

그 순간.

사아아아악!

마기의 구슬 속에 담겨 있던 마기가 검신 이광호의 몸속으로 빨려 들어갔다.

강현수는 날카로운 눈빛으로 검신 이광호를 살폈다.

그런데 놀랍게도.

'변화가 없어?'

마족으로 변화할지도 모른다고 생각했는데.

의외로 외형에는 아무런 변화가 없었다.

그렇다고 마기가 뿜어져 나오는 것도 아니었다.

"무엇이 변했는지 말해라."

강현수의 물음에 검신 이광호의 두 눈이 번뜩였다.

콰콰콰콰콰!

그와 동시에 폭발적인 마기가 뿜어져 나왔고.

콰직!

검신 이광호의 몸을 구속하던 마력 억제기가 산산조각 났다.

'강해졌네.'

마력 억제기가 박살 나는 경우는 단 하나.

'구속하던 이의 마력이 마력 억제기의 한계를 넘어섰을 때뿐이지.'

그 정도 마력을 지니려면?

못해도 상위 네임드 플레이어 정도는 되어야 했다.

한데 하위 네임드 플레이어인 검신 이광호가 손쉽게 마력 억제기를 박살 냈다.

그것도 마력이 아니라 마기를 이용해서 말이다.

"특수 스텟 마기가 형성된 거냐? 아니면 마력과 마기가 합쳐진 거냐?"

강현수가 흥미로운 표정으로 검신 이광호에게 물었다.

"그걸 내가 말해 줄 것 같아!"

검신 이광호가 외침과 함께 강현수에게 달려들었다.

왼손에는 부서진 마력 억제기의 조각 중 하나가 들려 있다.

콰콰콰콰콰!

단검 정도 크기밖에 되지 않는 작은 조각이었지만.

거기에 마기가 기반이 된 오러가 담기자 순식간에 장검 이상의 크기로 늘어났다.

'놈을 죽인다.'

오른팔을 잃었다.

그 복수를 해 줄 생각이었다.

'나를 실험 대상으로 삼은 걸 후회하게 해 주지.'

검신 이광호는 검의 천재였다.

검술 실력만큼은 최상위 네임드 플레이어와 비교해도 뒤지지 않는다고 자부했다.

부족한 건 힘, 민첩, 체력 같은 육체 스텟과 모든 스킬의 근본인 마력.

그러나 막대한 마기를 손에 넣음으로 인해.

그 모든 단점이 해소되었다.

마기가 부족한 육체 스텟을 강화시켜 줬고.

빈약한 마력을 대체해 줬다.

전신에 힘이 넘쳐흘렀다.

마기로 만든 오러는 모든 것을 파괴할 수 있는 힘을 품고 있었다.

휘익!

마기로 이루어진 검이 자신의 오른팔을 자른 원수를 향해 날아갔다.

그때.

탁!

상대가 가볍게 손을 뻗어 마기를 기반으로 만든 오러를 붙잡았다.

"이게 무슨?"

검신 이광호의 두 눈이 경악으로 물들었다.

마기로 만들어져 파괴력이 월등히 올라간 오러를 스킬을

통해 막아 낸 것도 아니고.

"어떻게 맨손으로?"

검신 이광호의 상식으로는 도저히 이해할 수 없는 일이었다.

"괜히 팔 하나를 남겨 뒀군."

그 말과 함께 상대가 검지를 휘둘렀다.

서걱!

검지에서 뿜어져 나온 핏빛 오러가 검신 이광호의 왼팔마저 잘라 냈다.

"아아아악!"

유일하게 남은 왼팔이 잘려 나가자 검신 이광호가 고통스러운 비명을 토해 냈다.

"대답해라. 특수 스텟 마기가 형성된 거냐, 아니면 마력과 마기가 합쳐진 거냐?"

질문의 내용은 아까와 똑같았다.

그러나 검신 이광호는 더 이상 강현수의 물음에 거짓을 답할 생각을 하지 못했다.

강현수의 검지가 이번에는 검신 이광호의 오른쪽 다리를 향해 뻗어 있었기 때문이다.

만약 대답하지 않는다면?

양팔에 이어 다리 하나까지 잃게 될 게 확실했다.

"트, 특수 스텟 마기가 생겼습니다!"

"효과는?"

"신체 능력을 올려 주고 마력을 대체할 수 있습니다!"

검신 이광호가 재빨리 자신이 획득한 정보를 토해 냈다.

"상태창을 오픈해라."

강현수의 말에 검신 이광호가 자신의 상태창을 공개했다.

"흠."

강현수가 검신 이광호의 상태창을 살펴봤다.

혹시나 하는 마음에 살펴봤지만.

특수 스텟 마기가 생긴 것 외에 특이 사항은 없었다.

'효과는 신성 스텟과 비슷해.'

신체 능력을 올려 주고 마력을 대체할 수 있다.

"마력과 함께 사용할 수도 있나?"

강현수의 물음에 검신 이광호가 고개를 끄덕였다.

'그럼 속성만 다를 뿐 신성 스텟과 동일한 효과를 내는 거라는 뜻이군.'

신성 스텟과 마기 스텟.

서로 정반대의 속성을 가지고 있지만.

효과는 동일했다.

"으흠."

강현수가 얼굴을 찌푸렸다.

검신 이광호를 보면 부작용 같은 건 없어 보였지만.

'검신 이광호는 신성 스텟을 가지고 있지 않아.'

마력 스텟은 신성 스텟과도 잘 어울리고 마기 스텟과도 잘 어울린다.

그러나 신성 스텟과 마기 스텟을 동시에 보유하면?

어떤 문제가 생길지 아무도 알 수가 없었다.

'손해를 조금 보더라도 안전하게 가는 게 좋겠지.'

직접 테스트를 해 보는 게 가장 좋았다.

문제는 여신의 눈물이 팔찌라는 점이었다.

'괜히 양팔을 잘라 버렸네.'

하지만 그게 문제 될 건 없었다.

강현수가 바닥에 떨어진 검신 이광호의 왼팔을 들어 어깨에 가져다 대고 다시 불멸의 성화를 활성화시켰다.

화아아악!

환한 빛무리와 함께 잘려 나간 왼팔이 다시 어깨에 붙었다.

그러나 완치는 아니었다.

그저 팔과 어깨를 붙였을 뿐.

'지금은 감각도 없겠지.'

아마 의수를 달고 있는 느낌일 것이다.

불멸의 성화는 SS랭크.

떨어진 팔을 붙이는 건 가능했지만.

제대로 된 기능을 하기 위해서는?

도트 힐이 못해도 하루 이상은 지속적으로 유지되어야 완치가 가능했다.

하지만.

'아이템 사용에는 아무 문제가 없지.'

강현수가 자신이 착용하고 있던 여신의 눈물을 검신 이광호의 왼팔에 채웠다.

기분이 묘했다.

송하나와 투황에게도 여신의 눈물을 양보한 적이 없는데.

'이놈에게 채워 주게 될 줄이야.'

살짝 어이가 없었다.

하지만 어쩔 수 없었다.

여신의 눈물이 만들어 주는 신성 스텟이 효과가 좋기는 하지만.

'스텟이 낮으면 큰 도움이 되지는 않으니까.'

또 신성 스텟은 여신의 눈물과 함께할 때 제대로 된 시너지 효과를 발휘한다.

강현수가 송하나와 투황에게 여신의 눈물을 양보해 신성 스텟을 쌓을 수 있게 해 봤자.

'결국은 전력 분산이 될 뿐이지.'

차라리 마기를 흡수해 강현수 자신의 신성 스텟을 늘리는 게 아군 전력에 이득이 된다.

그래서 독점해 왔던 건데.

그런 여신의 눈물을 원수인 검신 이광호에게 채워 주게 된 것이다.

'아깝기는 하지만 어쩔 수 없지.'

테스트를 위해서 어느 정도 손해는 감수해야 했다.

'신성 스텟도 날리고 마기도 날리고.'

아쉽기는 했지만.

강현수로서는 모험을 하는 것보다는 나았다.

스윽.

강현수가 품에서 리치의 라이프 포스 베슬을 꺼내 들었다.

"나와라."

강현수의 지시가 떨어지자.

사아아악!

라이프 포스 베슬에서 흘러나온 마기가 리치의 모습으로 화했다.

'진작 보고를 할 것이지.'

라이프 포스 베슬에서 나온 리치는 마기로 구성된 독자적인 육체를 얻게 된다.

강현수는 여기서 불편함을 느꼈다.

마기를 풀풀 풍기는 리치들을 데리고 다니면 애로 사항이 많았기 때문이다.

한데 아크 리치 킹인 리몬쉬츠가 간단한 해결책을 알려 줬다.

바로 리치가 자신의 라이프 포스 베슬에 접촉하면?

육체를 마기로 바꿔 다시 라이프 포스 베슬로 들어가는 게 가능하다는 거였다.

왜 진작 말하지 않았냐고 물어봤더니.

'쓸 일이 없어서라는 대답이 돌아왔지.'

사실 당연한 일이었다.

리치의 육체가 마기로 화해 라이프 포스 베슬로 들어가면?

전투력이 증발해 버린다.

또 할 수 있는 것도 없다.

라이프 포스 베슬은 리치들의 본체이자 가장 큰 약점이다.

리치 입장에서는?

튼튼한 방패라고 할 수 있는 리치의 육체를 두고 약점인 라이프 포스 베슬로 들어갈 이유가 없었다.

리치들을 수하로 두고 있는 마족들 역시 군이 리치를 라이프 포스 베슬에 보관할 필요가 없었다.

그럼 리치들을 전투에 써먹을 수가 없었으니까.

그러나 강현수는 사정이 달랐다.

마기를 감춰야 할 필요가 있었으니까 말이다.

'그나마 기억이라도 해내서 다행이지.'

강현수가 물어보지 않았다면?

이런 편리한 방법이 있는 줄도 몰랐으리라.

"이놈을 죽여라."

강현수가 마기를 풀풀 풍기는 리치를 앞에 두고 명령을 내리자 잠시 멍하니 있던 검신 이광호가 발에 마력과 마기를 가득 두르고.

콰직!

리치의 두개골을 박살 냈다.

마음 같아서는 검을 쓰고 싶었지만 방금 붙은 왼팔이 마음대로 움직이지 않아 어쩔 수가 없었다.

어찌 되었든 리치는 검신 이광호의 공격에 의해 소멸했다.

혼백은 다시 라이프 포스 베슬로 흡수되었고.

리치의 육체를 구성하던 마기의 일부가 여신의 눈물을 통해 검신 이광호에게 흡수되며.

"신성 스텟이 생겼나?"

강현수의 물음에.

"예, 생겼습니다."

검신 이광호가 공손히 대답했다.

"그럼 신성 스텟을 사용해 봐라."

강현수의 말에 검신 이광호가 신성 스텟을 사용했다.

스텟은 한 자릿수에 불과했지만 어찌 되었든 신성 스텟을 사용할 수는 있었다.

"마력도 함께 사용해라."

강현수의 지시에 검신 이광호가 마력을 사용했다.

여기까지는 이상이 없었다.

"마기 스텟을 사용하도록."

강현수의 새로운 지시에 검신 이광호가 잠시 멈칫거렸다.

검신 이광호도 이게 위험한 짓이라는 자각은 있었기 때문이다.

"어서."

강현수의 압박에 검신 이광호는 결국 마기 스텟을 사용했다.

그 순간.

"아아악!"

검신 이광호의 입에서 고통 어린 비명이 터져 나왔다.

동시에 끌어 올린 신성 스텟과 마기 스텟이 충돌하며 육체를 갈가리 찢는 것 같은 고통이 찾아왔기 때문이다.

검신 이광호가 재빨리 신성 스텟과 마기 스텟 사용을 멈췄다.

"누가 마음대로 그만두라고 했지?"

그때 강현수가 서슬 퍼런 목소리로 검신 이광호를 압박했다.

"다시 끌어 올려라. 그리고 버텨."

강현수의 지시에 검신 이광호의 두 눈에 독기가 서렸다.

"끝까지 버티면 오른팔도 붙여 주마."

이에 강현수가 당근을 내밀었다.

"그게 정말입니까?"

"그렇다."

강현수의 말에 검신 이광호가 어쩔 수 없다는 듯 다시금 신성 스탯과 마기 스탯을 끌어 올렸다.

"크아아악!"

검신 이광호는 비명을 지르면서도 신성 스탯과 마기 스탯을 계속 끌어 올렸다.

그와 동시에 서로 대립하는 신성 스탯과 마기 스탯이 격렬히 충돌하며 검신 이광호의 몸을 헤집어 놓았다.

퍼억!

검신 이광호의 몸에서 실핏줄이 터져 나왔고.

전신의 근육이 과부하에라도 걸린 듯 부들부들 떨렸다.

'마기 스탯이 신성 스탯보다 압도적으로 많을 텐데도 이렇게 저항이 크다니.'

그 모습을 본 강현수가 얼굴을 찌푸렸다.

강현수의 현재 신성 스탯은 957로 거의 1,000에 근접해 있었다.

마기의 구슬을 통해 마기 스탯을 생성한다면?

현재 검신 이광호의 마기 스탯은 995.

강현수가 그간 쌓아 온 신성 스탯을 능가하는 수치였다.

'내가 마기의 구슬 속 마기를 흡수한다면 검신 이광호와 비슷한 수준의 마기 스탯이 쌓이겠지.'

최상급 마족을 단숨에 마계 귀족으로 만들 수 있는 수준의 마기를 품고 있으니 저 정도 효율이 나오는 건 당연했다.

'고작 한 자릿수의 신성 스텟과 충돌하는 걸로도 저 정도로 몸에 과부하가 걸리는데.'

세 자릿수의 한계치에 달한 신성 스텟과 마기 스텟이 충돌하면?

'죽을 수도 있겠어.'

죽지는 않더라도 폐인이 될 게 자명했다.

"그만."

강현수의 허락이 떨어지자 검신 이광호가 신성 스텟과 마기 스텟 사용을 멈췄다.

"헉헉헉!"

거친 숨을 내쉬는 검신 이광호의 몸에 생긴 부상이 빠르게 사라졌다.

불멸의 성화가 가진 도트 힐 덕분이었다.

'부상은 회복이 가능하네.'

하지만 목숨을 잃는다면 의미가 없다.

거기다.

'결국 신성 스텟과 마기 스텟을 동시에 사용하지 못했어.'

몸에 과부하가 걸릴 정도로 고생을 했음에도 신성 스텟과 마기 스텟은 서로 충돌하기만 했을 뿐.

동시에 발현되거나 두 스텟의 힘이 하나로 합쳐지지는 않았다.

'따로따로 사용해야 하는 건가?'

현재로서는 그 방법밖에 해결책이 없었다.

'뭐, 나쁠 건 없겠지.'

마력 스텟처럼 신성 스텟과 마기 스텟 역시 한계가 존재한다.

마력 스텟과 신성 스텟을 함께 사용하다가 신성 스텟이 바닥나면?

'마기 스텟을 사용하면 그만이지.'

또한 강현수에게는 신성 스텟과 마기 스텟을 사용해 테스트해 볼 방법이 하나 남아 있었다.

문제가 하나 있다면.

'이건 이광호에게 시킬 수 없어.'

강현수 자신이 직접 사용해야 했다.

그 이유는 하나.

'융합 스킬은 나와 빙화신검밖에 가지고 있지 않으니까.'

강현수는 빙화신검을 수하로 만들며 그의 고유 스킬을 손에 넣기 위해 계속해서 노력했다.

점핑 스킬의 존재를 알아낸 것도 그 노력 덕분이었고 말이다.

결국 강현수는 빙화신검의 고유 스킬인 융합을 손에 넣을 수 있었다.

'융합 스킬은 절대 섞일 수 없는 속성을 하나로 만들어 주

지.'

그것도 더 강력한 위력으로 말이다.

빙화신검이 신의 칭호를 손에 넣을 수 있었던 결정적인 이유가 바로 고유 스킬인 융합 덕분이었다.

'융합 스킬을 사용하면 신성 스탯과 마기 스탯을 동시에 사용할 수 있을지도 몰라.'

또한 당연히 두 스탯의 위력이 증폭될 것이다.

만약 성공한다면?

강현수로서는 전혀 예상하지 못했던 새로운 힘을 손에 넣는 것이나 마찬가지였다.

'뭐, 실패한다고 해도 따로따로 사용하면 그만이고.'

특수 스탯은 늘어나서 나쁠 게 없었다.

강현수가 그간 마기의 구슬에 잠들어 있는 마기를 흡수하지 않았던 것은.

'육체가 마족화가 되면 곤란해서였지.'

그 문제가 해결되었으니 이제부터 마기의 구슬을 활용해 적극적으로 마기 스탯을 쌓아 갈 생각이었다.

단 혹시 모를 부작용을 대비해 당분간 검신 이광호를 살려 둘 생각이었다.

당장은 아니더라도 마기 스탯으로 인해 어떤 문제가 생길지는 강현수도 알 수가 없었으니까 말이다.

'어차피 텅 빈 마기의 구슬에 마기를 가득 채우기 위해서

는 꽤 긴 시간이 필요하니까.'

그동안 검신 이광호를 데리고 있으면서 변화를 살펴보면
될 일이었다.

"상을 주마."

강현수가 검신 이광호의 오른팔을 다시 어깨에 붙여 주었
다.

"하루 정도 후면 완치가 될 거다."

"감사합니다! 주군! 앞으로 주군께 충성을 다하겠습니다!"

검신 이광호가 넙죽 엎드려 감사 인사를 했다.

그것도 주군이라는 말과 함께 말이다.

'약삭빠른 놈.'

검신 이광호는 눈치가 무척 빠른 녀석이었다.

'지금 당장 나를 어찌할 수 없다는 판단을 했겠지.'

그러니 저리 넙죽 엎드리는 것이리라.

그러나 기회가 생긴다면?

'언제든지 내 뒤통수를 칠 수 있는 놈이지.'

하지만 크게 상관없었다.

테스트만 끝나면 제거해 버릴 생각이었으니까.

"그럼 이제 두 번째 테스트를 해 볼까."

강현수가 미소를 지으며 수호신 이철민을 향해 시선을 돌
렸다.

"충심으로 따르겠습니다!"

수호신 이철민이 넙죽 엎드렸다.

수호신 이철민은 바보가 아니었다.

자신보다 강한 검신 이광호가 납작 엎드리는 것을 보고 상황을 파악했다.

내린 결론은 단 하나.

검신 이광호처럼 납작 엎드리는 것뿐이었다.

'무슨 명령이든 충성스러운 태도로 수행한다. 그러면 저자의 신뢰를 얻을 수 있어.'

그럼 기회가 생긴다.

기회를 얻기 위해서라면?

얼마든지 충신 코스프레를 할 수 있었다.

"그럼 첫 번째 명령을 내려 주지."

"무엇이든 시켜만 주십시오."

"죽어."

"예?"

"죽으라고."

강현수의 말에 충신 코스프레를 할 예정이었던 수호신 이철민의 얼굴이 엉망진창으로 일그러졌다.

사지 중 하나를 자르라는 명령에도 충실히 따를 생각이었다.

이미 검신 이광호의 잘려 나간 양팔이 다시 붙는 걸 봤으니까.

그러나 죽으라는 명령은 예상 밖이었다.

"명령을 따를 생각이 없나 보네. 이광호."

"예."

"네가 해결해."

"알겠습니다."

검신 이광호가 수호신 이철민을 향해 다가갔다.

"이런 시발!"

수호신 이철민이 욕설을 내뱉으며 저항하려 했지만.

마력 억제기를 차고 있는 수호신 이철민이 마기 스텟까지 손에 넣은 검신 이광호를 당해 낼 수는 없었다.

콰직!

검신 이광호의 발에 수호신 이철민의 머리가 박살 났다.

'죽었네.'

정말 허무하게 죽어 버렸다.

'그럼 테스트를 해 볼까.'

강현수가 죽은 수호신 이철민을 향해 군단 구성 스킬을 사용했다.

사아아악!

강현수의 몸에서 뿜어져 나온 마력이 인간의 형상으로 변했다.

척!

그러더니 공손히 강현수 앞에 무릎을 꿇었다.

'망할.'

강현수의 얼굴이 일그러졌다.

죽은 수호신 이철민이 부활했다.

그러나 반쪽짜리였다.

혼과 백을 온전히 가진 살아 있는 인간으로 부활한 게 아니라.

백만을 가진 소환수로 부활했으니까 말이다.

'살아 있는 상태로의 부활은 역시 무리였던 건가.'

이러면 휘하 지휘관들을 최대한 신중하게 투입해야 했다.

휘하 지휘관들이 죽으면?

부활은 가능하지만.

'소환수가 되어 버린다.'

살아 있는 생명이 아니라 죽은 망자가 되어 버린다.

그럼 자연스럽게.

'성장이 멈춘다.'

일반적인 소환수가 되어 버리는 것이다.

'아쉽네.'

송하나와 투황을 비롯한 휘하 지휘관들은 강현수에게 있어 단순한 수하가 아니었다.

앞으로 마왕군과의 치열한 싸움을 함께 헤쳐 나갈 동료이자 전우였다.

그런 그들이 불사의 힘을 얻는다면?

강현수의 전력이 대폭 상승하게 된다.

그러나.

'혼이 떠나고 남은 백으로 만들어진 소환수로 부활한다면 그건 절대 불사가 아니지.'

그저 그들이 남긴 껍데기로 만든 인형에 불과했다.

테스트를 끝낸 강현수가 수호신 이철민을 역소환했다.

당분간은 머릿수를 채우기 위해 내버려 두겠지만.

소환수의 숫자가 가득 찬다면 가장 먼저 소멸시킬 예정이었다.

강현수의 소환수가 된 이철민은.

'회귀 전의 수호신이 아니라 흔하디흔한 플레이어 중 하나에 불과하니까.'

강현수가 애써 아쉬운 마음을 끊어 냈다.

이철민이 온전히 부활하지 못한 게 아쉬웠지만.

'마기의 구슬로 마기 스텟을 얻을 수 있다는 것 하나만으로도 큰 이득이야.'

앞으로의 전투에 있어서 마기 스텟은 강현수에게 큰 도움이 되어 줄 테니까 말이다.

"따라오도록."

강현수의 지시에.

"예."

검신 이광호가 대답과 함께 마른침을 꿀꺽 삼켰다.

이철민이 죽고 괴이한 형태로 부활한 모습을 봤기 때문이다.

'내가 저런 꼴이 될 수도 있었어.'

그 생각만 하면 등에 식은땀이 맺혔다.

그나마 자신이 더 강했기에 저런 꼴이 되지 않은 것이다.

'살아남는다.'

검신 이광호가 목표를 정했다.

어찌 되었든 자신은 선택받아 살아남았고 이철민은 죽었다.

그러나 아직 안심할 수는 없었다.

'저자는 냉혈한 악인이다.'

언제든 자신의 목숨을 거둘 수 있는 존재를 모셔야 한다는 압박감은 보통이 아니었다.

그러나 검신 이광호는 보통 사람이 아니었다.

'어떻게든 강해져서 저자의 그늘에서 벗어날 것이다.'

설사 벗어나지 못하더라도.

노예와 다를 바 없는 지금의 위치가 아니라.

더 높은 자리로 올라갈 것이다.

그럼?

'저자도 나를 함부로 할 수 없을 거야.'

하나 힘을 키울 때까지는.

'저자의 명령에 절대복종한다.'

죽으라고 명하면?

망설이지 않고 심장에 검을 꽂아 넣는 퍼포먼스 정도는 보여 줄 생각이었다.

'잘려 나간 팔을 붙일 정도의 힐 스킬이라면.'

꿰뚫린 심장도 치료할 수 있을 테니까.

강현수는 검신 이광호를 데리고 발해길드의 길드 하우스로 향했다.

'발해길드에는 무슨 일로 온 거지?'

검신 이광호가 알고 있는 건 자신의 목줄을 잡은 주인이 로크토 제국의 공작이라는 것과 강현수라는 이름을 가지고 있다는 사실뿐이었다.

'한국인이겠지?'

이름도 한국식이고 말투도 한국식이다.

북한 사람이나 조선족 또는 교포일 가능성이 없는 건 아니지만.

그럴 확률은 상당히 낮았다.

'도대체 어떻게 로크토 제국의 공작이 된 거지?'

의문이 치솟았다.

그러나 억지로 눌러 참았다.

'기회를 잡은 걸지도 몰라.'

잘만 하면?

권력의 중심에 다가갈 수 있을지도 몰랐다.

"오셨습니까?"

발해길드의 길드장 검왕 장석원이 공손히 강현수를 맞이했다.

여기까지는 그럴 수 있다고 생각했다.

로크토 제국의 공작 신분 아니겠는가?

"그놈만 보고 바로 떠날 생각이다."

"곧바로 불러오겠습니다."

그러나 강현수가 당연하다는 듯 하대를 하며 지시를 내리고.

검왕 장석원이 수하처럼 행동하자 두 눈이 동그래졌다.

'이게 무슨?'

검왕 장석원은 평범한(?) 거대 길드의 수장이 아니었다.

로크토 제국의 황제와 사클란트 제국의 황제가 전폭적으로 지지해 주는 타 차원 출신 플레이어 연합의 핵심 간부였다.

실력 또한 황의 칭호를 받기에 부족함이 없다는 소문이 파다할 정도로 뛰어났다.

베록커토의 영주 와이더 백작은 물론 테라 왕국의 국왕이라 할지라도 검왕 장석원을 저리 대할 수는 없었다.

이게 가능하려면?

'설마 검왕 장석원이 이자의 수하였다는 말인가?'

검신 이광호가 마른침을 꿀꺽 삼켰다.

보통 권력자가 아니라고는 생각했지만.

이건 자신의 예측을 뛰어넘는 수준이었다.

"데리고 왔습니다."

웬 플레이어 하나가 왔고.

"실행해라."

강현수의 지시에 뭔가를 하더니 다시 모습을 감췄다.

그 후.

기대감이 살짝 서렸던 강현수의 표정이 아쉬움으로 바뀌었다.

"가자."

강현수가 검신 이광호를 데리고 발해길드의 길드 하우스를 떠났다.

더 이상 놀랄 일은 없을 거라고 생각했지만.

강현수가 고려길드의 길드 마스터 인의군왕 신창후에게 깍듯한 대접을 받고.

그것도 모자라 레드베어길드의 길드 마스터이자 타 차원 출신 플레이어 연합의 수장 적염제 도르초프가 주군이라 칭하는 것을 보고 순간적으로 반쯤 넋이 나가 버렸다.

강현수가 누구인지 알아차렸기 때문이다.

로크토 제국의 공작.

타 차원 출신 플레이어 연합의 진정한 수장.

이 조건을 동시에 만족시킬 수 있는 인물은 오직 하나.

다크 나이트의 수장인 척마혈신밖에 없었다.

'신의 칭호를 가진 플레이어였다니.'

검신 이광호의 눈이 번뜩였다.

뒤통수를 쳐야겠다는 생각은 버렸다.

남은 것은 오직 하나.

무슨 수를 써서라도 강현수의 눈에 들어 중임을 받겠다는 것뿐이었다.

그러나 안타깝게도.

검신 이광호의 운명은 이미 정해져 있었다.

사형.

강현수로서는 그저 테스트를 위해 좀 더 명줄을 붙여 놓은 것뿐이었지만.

그 사실을 모르는 검신 이광호의 입장에서는 자신을 살려 둔 이유가 수하로 거두기 위해서라고 생각할 수밖에 없었다.

그날 이후 검신 이광호는 강현수의 충신을 자처했다.

그러나.

'아주 쑈를 하네.'

강현수는 검신 이광호가 어떤 인물인지 그 자신보다 더 잘 알고 있었다.

지금이야 진심으로 충성을 맹세하겠지만.

'조금이라도 기회가 생기면 물어뜯겠지.'

안타깝게도 검신 이광호에게는 기회가 없었다.

단순히 회귀 전의 원한 때문이 아니라.

회귀 후에도 변하지 않은 그의 행적 때문이었다.

'범죄를 저지르고 동료 뒤통수나 치는 놈을 믿을 수는 없지.'

황소욱처럼 큰 쓸모가 있지 않는 한 말이다.

차라리 검신 이광호의 입장에서는 곱게 죽는 게 더 이득일 수도 있었다.

강현수의 경험치 자판기가 된 황소욱은 살아도 산 게 아닌 처지로 차라리 죽음을 원하고 있었으니까 말이다.

※

'아쉬워.'

강현수는 이번에 기대를 걸었다.

'레플리카가 EX랭크가 될 수도 있을 거라고 생각했는데.'

황소욱이 그간 모은 경험치를 모두 흡수했음에도 레플리카는 여전히 SSS랭크에 머물고 있었다.

'조급해하지 말자.'

아직 시간은 많이 남아 있었고.

'얼마 안 남았어.'

그간 계속해서 레플리카 스킬의 경험치를 쌓았다.

아마 그리 오래지 않아 레플리카 스킬을 EX랭크로 성장시킬 수 있으리라.

'레플리카는 규격 외 스킬이야.'

마력의 심장의 경우는 스킬 강화를 한 번도 받지 못했지만.

현재 SSS랭크를 찍은 상태였다.

상시 발동하는 패시브 스킬이라는 장점 덕분이기도 했지만.

'랭크를 상승시키는 데 필요한 경험치가 레플리카보다 월등히 적어서이기도 하지.'

스킬 강화, 스텟 고정, 야성의 감각, 야성의 분노 같은 레플리카 스킬 역시 현재 SSS랭크에 도달해 있었다.

'불멸의 성화와 뱀피릭 오러가 아직 SS랭크이기는 하지만.'

최상의 힐 스킬과 오러 스킬이라는 점을 감안했을 때는 무척 빠른 성장 속도였다.

'레플리카를 EX랭크로 만든 후 다른 레플리카 스킬을 모조리 EX랭크로 만든다.'

아마 레플리카 스킬만큼 오랜 시간이 걸리지는 않을 터였다.

강현수가 송하나, 투황, 유카와 합류했다.

"금방 왔네?"

"빨리 오셨네요."

송하나와 유카가 환하게 웃으며 강현수를 반겼다.

"오래 걸리지 않을 거라고 했잖아."

"저 녀석이 그놈이야?"

투황의 물음에 강현수가 고개를 끄덕였다.

이미 사전에 대충 설명을 해 놓았기에 송하나, 투황, 유카는 검신 이광호가 어떤 놈인지 알고 있었다.

당연히 눈초리는 그리 좋지 않았다.

사형받아야 마땅한 범죄자를 보는 시선이 좋을 리 만무했다.

눈치 빠른 검신 이광호는 당연히 강현수 일행의 탐탁지 않은 시선을 알아차렸다.

'바꾸면 그만이야.'

검신 이광호는 강현수 일행의 시선에도 주눅 들지 않았다.

그저 자신의 가치를 보여 주며 묵묵히 이미지 관리를 하면 된다고 생각했다.

그 후 다시금 사냥이 시작되었다.

강현수는 소환수를 동원해 사냥터를 순식간에 쓸어버렸고.

송하나, 투황, 유카 역시 정신없이 사냥에 열중했다.

검신 이광호 역시 어떻게든 사냥에 끼어 보려고 했지만.

'사냥 속도가 너무 빨라.'

거기다 수준 차이가 너무 났다.

강현수 일행이 사냥하는 사냥터는 최고 레벨 사냥터.

검신 이광호가 사냥을 하기에는 몬스터의 레벨이 너무 높았다.

시간이 유수와 같이 흘렀다.

그러나 검신 이광호는 계속해서 제자리걸음이었고.

반면 강현수, 송하나, 투황, 유카는 계속해서 성장해 나갔다.

그러던 중 드디어 텅 비었던 마기의 구슬이 가득 찼다.

'준비가 끝났네.'

강현수는 그간 검신 이광호를 유심히 관찰했다.

그 결과 안심할 수 있었다.

마기 스텟으로 인해 인성이 변한다거나 서서히 마족화가 진행된다거나 하는 변화는 전혀 없었다.

짧은 기간도 아니고 긴 시간 지켜봤으니 확실했다.

'이제 더 이상 그 녀석을 살려 둘 필요가 없어졌군.'

검신 이광호는 이제 그 쓰임새가 다했다.

그러나 처리보다는 마기 스텟을 만드는 게 우선이었다.

강현수가 마기의 구슬을 움켜쥐었다.

[마기의 구슬에 마기가 가득 찼습니다. 마기를 흡수하시겠습니까?]

[예] [아니오]

강현수가 예를 선택했다.

그 순간.

[특수 스텟 마기를 획득하였습니다.]

짧은 메시지가 떠올랐다.

'음.'

검신 이광호로 테스트를 했던 것처럼 부작용 따위는 없었
다.

이제 남은 건 하나.

'신성 스텟과 마기 스텟의 조합이지.'

강현수가 융합 스킬을 사용해 신성 스텟과 마기 스텟을 조
심스럽게 끌어 올렸다.

우우우웅!

강현수의 몸에서 찬란한 은빛 기운이 뿜어져 나왔다.

'성공이다.'

강현수의 얼굴에 환한 미소가 피어올랐다.

고통 따위는 없었다.

신체가 무너지지도 않았다.

오히려 신성 스텟과 마기 스텟이 하나로 합쳐진 새로운 기
운이 피어올랐다.

'테스트를 해 볼까.'

강현수가 뱀피릭 오러에 신성 스텟과 마기 스텟을 합친 힘을 담아 가볍게 휘둘렀다.

꽈아아아앙!

커다란 폭발과 함께 십여 그루의 거목이 산산조각 났다.

'효율이 미쳤네.'

신성 스텟과 마기 스텟 모두 강한 힘을 지니고 있다.

그러나 투자한 양에 따라 파괴력이 달라지는 게 당연했다.

현재 신성 스텟과 마기 스텟이 융합된 힘은 강현수의 상상의 초월할 정도로 강력했다.

1+1 = 2가 나와야 한다.

그런데 지금의 경우는.

'20은 되는 것 같네.'

거의 10배 가까이 증폭된 위력을 보이고 있었다.

'상극의 힘이 억지로 뭉친 덕분인가?'

강현수가 신성 스텟과 마기 스텟을 조금 더 끌어올렸다.

'좋아.'

자신감을 얻은 강현수가 조금씩 신성 스텟과 마기 스텟의 양을 늘려 나갔다.

그러던 중.

"큭!"

강현수의 입에서 고통 섞인 신음이 터져 나왔다.

강현수가 재빨리 신성 스텟과 마기 스텟을 거둬들였다.

'고작 이 정도가 한계인가?'

신성 스텟과 마력 스텟은 각각 1,000에 근접한다.

처음에 강현수가 끌어 올린 스텟은 고작해야 1% 수준.

조심하며 서서히 올렸지만.

대략 20% 정도가 넘어선 순간 부작용이 나타났다.

이유는 하나.

'융합 스킬의 랭크가 너무 낮은 게 문제인가?'

빙화신검에게서 얻은 융합 스킬은 신성 스텟과 마기 스텟이라는 상성이 정반대인 두 기운을 훌륭히 조합해 주었다.

그러나 현재 레플리카 스킬로 만든 융합 스킬의 랭크는 고작 D랭크.

부지런히 사용했지만 F랭크 상태였던 만큼 D랭크가 한계였다.

당연히 융합 스킬로 제어할 수 있는 기운의 수량에 한계가 있을 수밖에 없었다.

'그나마 레플리카 스킬이니까 20%나 감당을 한 거겠지.'

현재 SSS랭크인 레플리카 스킬의 증폭도는 무려 240%.

만약 일반 스킬이었다면?

20%는커녕 10%도 융합시키지 못했을 것이다.

'걱정할 필요는 없어.'

이건 융합 스킬의 랭크가 올라가면 자연스럽게 해결될 문제였으니까 말이다.

중간 점검

'맨티스길드 토벌 때 빙화신검을 만난 게 다행이었어.'

그때 빙화신검을 만나지 못했다면?

절대 신성 스텟과 마기 스텟을 조합하지 못했을 것이다.

'이건 포기할 수 없겠어.'

SSS랭크인 레플리카 스킬이 보유할 수 있는 수량은 13개.

융합 스킬을 손에 넣으면서 남은 자리는 한 개로 줄어들었다.

'EX랭크가 되어도 고작 한 개만 늘어날 뿐이야.'

남은 두 개의 레플리카 스킬은 이미 주인이 정해져 있는 상황.

이제 강현수로서는 기존의 레플리카 스킬을 지우지 않는

한.

더 이상 새로운 레플리카 스킬을 얻을 수 없었다.

'뭐, 상관없겠지.'

현재 강현수는 회귀 후 예상했던 것보다 더 빠르게 더 많은 것을 이룬 상태였다.

남은 두 개의 자리를 원하는 레플리카 스킬로 채우기만 하면?

'기존의 계획은 마무리된다.'

추가로 손에 넣을 만한 레플리카 스킬이 있다면.

'미래 예지를 지우면 그만이야.'

하도 쓰잘때기없는 미래만 보여 주니 효용성에 의문이 생겼다.

'어차피 두 개이기도 하고.'

일반 미래 예지 스킬과 레플리카 미래 예지 스킬.

미래를 볼 확률이 2배 올라가기는 하지만.

'어차피 위장용 스킬이었으니까.'

회귀자인 강현수로서는?

하나만 가지고 있어도 충분했다.

'이제 뒤처리를 해 볼까.'

쓰임새를 다한 검신 이광호를 처리할 생각이었다.

마지막 테스트와 함께 말이다.

'군단 소멸.'

0레벨
플레이어

강현수가 검신 이광호를 대상으로 군단 소멸 스킬을 사용했다.

"어?"

강현수의 명령을 기다리던 검신 이광호의 몸이 먼지처럼 흩어졌다.

"이게 무……."

당황한 검신 이광호가 말을 다 끝마치기도 전에 육체가 완벽하게 소멸했다.

그리고.

사아아아악!

검신 이광호의 몸속에 있던 마기 스텟이 마기의 구슬로 빨려 들어갔다.

'오호.'

마지막 테스트가 성공했다.

지휘관을 임명하는 데 소모된 스텟은 소환수가 소멸해도 환급되지 않는다.

그러나 마기는 강현수가 준 게 아닌 독자적으로 손에 넣은 힘.

그래서일까?

소멸한 검신 이광호의 몸속에 잠들어 있던 마기를 마기의 구슬이 흡수했다.

'실패할 줄 알았는데.'

멋지게 성공했다.

그게 끝이 아니었다.

[여신의 눈물 EX랭크가 특수 스텟 신성을 흡수했습니다.]

[신성 스텟이 상승하였습니다.]

강현수가 테스트를 위해 넘겨준 여신의 눈물로 검신 이광호가 얻게 된 신성 스텟이.

'돌아왔어.'

여신의 눈물을 통해 다시금 강현수에게 흡수되었다.

'이건 기대 이상인데.'

특수 스텟의 특이성 때문인지는 모르겠지만.

마기 스텟과 신성 스텟 모두 강현수에게 흡수되었다.

'다시 가득 찼네.'

[마기의 구슬에 마기가 가득 찼습니다. 마기를 흡수하시겠습니까?]

[예] [아니오]

마기의 구슬은 방금 전 강현수가 특수 스텟 마기를 습득하기 위해 사용해 텅 비어 있었다.

그런데 검신 이광호의 소멸과 함께 다시 마기가 가득 찼다.

'좋네.'

강현수는 다시금 마기의 구슬에 가득 찬 마기를 흡수했다.

[마기 스텟이 상승하였습니다.]

마기 스텟이 빠르게 늘어나는 게 느껴졌다.

그런데.

'역시나인가.'

마기의 구슬이 가지고 있는 마기의 양은 900 이상.

검신 이광호의 경우 마기의 구슬에 가득 찬 마기를 흡수하면서 995의 마기 스텟을 얻었고.

이는 강현수도 동일했다.

마기의 구슬에 가득 찬 마기를 두 번이나 흡수했으니 이론적으로 강현수의 마기 스텟은 1,990.

거의 2,000에 근접해야 했다.

그러나 현재 강현수의 마기 스텟은.

특수 스텟 : [마기 1,359]

2,000은커녕 1,400에도 도달하지 못했다.

'어쩔 수 없지.'

신성 스텟의 경우도 그랬다.

스탯이 올라갈수록 동일한 마기를 흡수해도 올라가는 속도가 더뎌졌다.

마기 스탯은 안 그랬으면 했는데.

'동일하네.'

점점 스탯이 높아질수록 성장 속도가 느려지는 건 어쩔 수 없는 일인 듯했다.

'일반 스탯이었다면 레벨 업을 통해 미분배 스탯으로 올릴 수 있지만.'

특수 스탯은 그게 불가능했다.

'부지런히 사냥하는 수밖에 없겠네.'

예상보다 올라가는 속도가 더뎌서 그렇지 어쨌든 올라가기는 올라간다.

그럼 문제 될 건 없었다.

'좋게 생각하자.'

오히려 일반 스탯의 경우 0레벨 플레이어로 돌아가며 무한대로 스탯을 올릴 수 있다는 사실이 다행이라고 생각했다.

'뭐, 당분간은 누적 스탯을 올리기 힘들겠지만.'

누적 스탯을 올리려면 남는 스탯이 있어야 했는데.

당분간은 남는 스탯이 없을 것 같았다.

10만이 넘는 소환수의 TO를 채우기 위해서는.

'스탯을 남겨 둘 여유 따위는 없으니까.'

강현수가 군단 구성 스킬을 시전했다.

사아아악!

마력이 모여들며 검신 이광호의 백으로 만든 소환수가 탄생했다.

'역시나네.'

혹시 타인에게 죽지 않고 직업 스킬로 소멸하면 혼백이 온전히 남아 있을지도 모른다는 기대를 했는데.

헛된 기대였던 모양이다.

'신성도 마기도 남아 있지 않네.'

이건 강현수가 검신 이광호가 소멸하며 남긴 신성 스텟과 마기 스텟을 흡수했기 때문이 아니다.

'내가 흡수하지 않았으면 그대로 소멸했을 거야.'

소환수는 강현수의 스텟을 소모해 마력으로 만들어진 존재.

기존에 어떤 힘을 다루던 새롭게 탄생한 소환수는 마력밖에 다룰 수가 없었다.

그렇기에 마족 출신 소환수들도 강현수에 의해 부활하면 마기가 아니라 마력을 다루게 된다.

그 후 마기의 구슬을 통해 마기를 주입받으면 육체가 마력이 아니라 마기로 구성되기는 하지만.

'소멸하면 그 마기가 고스란히 흘러나오겠지.'

검신 이광호처럼 말이다.

'주의해야겠어.'

강현수가 마기의 구슬로 마기를 회수할 수 없는 상황에서 마기로 육체를 만든 수환수가 마족의 손에 소멸하면?

그 마기를 고스란히 빼앗길 수 있었다.

'신성 스텟도 늘려야 하는데.'

이건 마왕군의 대대적인 침공이 일어나지 않는 이상 쉽게 늘릴 수가 없었다.

리치를 부활키고 소멸시킨 뒤 신성 스텟을 얻는 방법은.

'효율이 너무 떨어져.'

마기 스텟은 마기의 구슬을 통해 지금처럼 모으고.

신성 스텟은 마왕군의 침공이 시작되면 대량으로 얻을 수 있으니 보류.

남은 건.

'독성 스텟이지.'

강현수는 그간 꾸준히 온갖 종류의 독을 섭취하며 독성 스텟을 올려 왔다.

언데드 군단과의 싸움에서 시독을 통해 꽤 많은 독성 스텟을 올리기도 했다.

그러나.

'마기 스텟은커녕 신성 스텟과 비교해도 너무 적어.'

현재의 독성 스텟은?

약한 적이 다수 있다면 상당히 쓸 만하지만.

'강한 적들에게는 그리 치명적이지 않아.'

또 독초를 먹는 식으로 독성 스텟을 올리는 것도 거의 한계에 도달하고 있었다.

이제 웬만한 독을 먹어도 독성 스텟이 거의 오르지 않았다.

'거기로 가 봐야겠네. 슬슬 정리할 때가 되기도 했고.'

라메파질 왕국의 남쪽에 위치한 아우프 정글.

이곳은 독충 군단의 대대적인 침공이 있기 전부터 아주 까다로운 사냥터로 통했다.

바로 맹독을 가진 몬스터들의 비율이 아주 높은 사냥터였기 때문이다.

문제는 독충 군단의 침공 이후 상황이 더 악화되었다는 점이다.

맹독을 가진 몬스터들과 새롭게 추가된 독충 군단이 서로 먹고 먹히는 관계로 변하면서.

'독성이 엄청나게 강해졌지.'

강현수의 가장 큰 수입원인 구오피로도 아우프 정글에 서식하는 몬스터들의 독을 해독하는 건 불가능했다.

고급 해독제를 잔뜩 가지고 다녀야 사냥이 가능했는데.

'그건 가성비가 안 맞지.'

그래서 사실상 방치된 사냥터였다.

문제는 방치된 덕분에 독충 군단을 포함해 맹독을 가진 몬스터의 숫자가 포화 상태에 이르렀다는 점이고.

'1년 후 대규모 몬스터 웨이브가 일어나지.'

그 일로 인해 라메파질 왕국은 국토의 1/3이 죽음의 대지로 변하는 엄청난 피해를 입게 된다.

'가 봐야겠어.'

미래에 일어날 몬스터 웨이브도 막고.

독성 스탯도 올리고.

'일석이조지.'

거기다 경험치도 잔뜩 얻을 수 있다.

추가로 차원 게이트가 열린 것도 아닌데 몬스터 웨이브가 일어날 정도로 몬스터 포화 상태인 지역이었으니까 말이다.

'어떻게 할까?'

강현수가 고민에 빠졌다.

송하나, 투황, 유카를 데리고 가느냐 마느냐 때문이었다.

'혼자 간다.'

잠시 고민하던 강현수가 결정을 내렸다.

독성이 강한 몬스터라고 해도 송하나, 투황, 유카 정도의 강자가 감당하지 못할 정도는 아니다.

고급 해독제와 불멸의 성화면 충분히 버틸 수 있다.

강현수 일행은 가성비를 따져 가며 사냥할 필요가 없다.

비효율적이라고 해도 레벨을 올리는 게 우선이었다.

그러나.

'역시 혼자 가는 게 맞아.'

송하나, 투황, 유카를 데리고 가는 것보다는 기존 사냥터를 순회시키는 게 나았다.

'같이 다니는 건 너무 비효율적이야.'

마기의 구슬을 빠르게 채우기 위해서는 강현수가 송하나, 투황, 유카와 함께 다니는 게 이득이었다.

그러나 사냥 효율을 생각하면 사정이 달라졌다.

강현수는 소환수를 동원해 사냥터를 초토화시키는 방식으로 사냥을 한다.

당연히 송하나, 투황, 유카가 잡을 수 있는 몬스터의 숫자가 줄어들 수밖에 없었다.

또 강현수의 사냥 속도가 워낙 빠르기에 사냥터 역시 빠르게 바꿔 줘야 했는데.

'이동하는 시간은 사냥을 못 하니 그것도 손해지.'

그동안은 어찌어찌 맞출 수 있었지만.

'요즘 열정이 넘친단 말이지.'

송하나, 투황, 유카의 레벨이 전체적으로 빠르게 오르기도 했고.

의욕도 넘쳐흘렀다.

그간은 강현수가 소환수를 통해 불침번과 잡일을 해결해 주기도 했지만.

'굳이 내가 함께할 필요는 없지.'

송하나, 투황, 유카 역시 강현수의 지휘관이다.

당연히 휘하에 강현수가 배치해 준 소환수들을 거느릴 수 있다.

'다 함께 아우프 정글로 가는 것보다는 나 혼자 가는 게 더 효율적이야.'

그게 강현수에게도 송하나, 투황 유카에게도 이득이었다.

함께하는 것보다 따로 움직이는 게 더 빨리 레벨을 올릴 수 있는 길이었으니까 말이다.

'가자.'

강현수가 결심을 굳혔고.

곧바로 송하나, 투황, 유카를 불러들였다.

'결정을 했으면 곧바로 움직여야지.'

괜히 미뤄 봐야 사냥 효율만 떨어질 뿐이다.

"무슨 일이야?"

송하나가 의아한 표정으로 물었고.

"그러니까……."

강현수가 몬스터 웨이브가 일어난다는 사실을 미래 예지 스킬로 봤다고 말한 후 간단하게 앞으로 일정을 설명했다.

"같이 갈 수는 없을까요?"

유카가 간절한 눈빛으로 강현수에게 물었다.

"그럴 수는 있겠지만 효율이 너무 떨어져."

강현수는 개인의 무력만으로 신의 칭호를 손에 넣었다.

거기다 직업 일인군단의 힘까지 포함하면?

사실상 홀로 일국을 상대하고 남을 수준의 힘을 가지고 있었다.

어디 그뿐인가?

송하나, 투황, 유카 역시 강현수의 버프와 업적을 포함해 아이템과 직업의 힘으로 레벨을 초월한 강함을 지니고 있었다.

신의 칭호를 가진 플레이어들에게는 밀릴지 모르겠지만.

'충분히 그 아랫급은 가능하지.'

황, 제, 성, 존.

이 세 사람이 가진 힘은 절대 그들에게 밀리지 않았다.

'비교 대상이 적염제 도르초프를 포함해 검왕 장석원과 인의군왕 신창후니까 착각을 하는 거지.'

그 세 사람은 강현수의 휘하 지휘관이었고.

모두 여단장으로서 연대장인 송하나, 투황, 유카보다 더 상위 버프를 받고 있었다.

'제와 왕의 칭호를 가지고 있지만.'

강현수의 버프와 그간 얻은 업적 덕에 실제 실력은 현재 칭호보다 한 단계 위라고 봐도 무방했다.

특히 검왕 장석원과 인의군왕 신창후의 경우.

'검황이나 인의군황이라고 불릴 만한 실력을 뛰어넘었지.'

신의 칭호를 가진 이들에게 미치지는 못하겠지만.

황, 제, 성, 존의 칭호를 가진 이들 중에서는 최상위 실력자라고 해도 과언이 아니었다.

강현수의 버프를 받지 않은 황, 제, 성, 존의 칭호를 가진 이들과 송하나, 투황, 유카의 힘을 비교하면?

'더 강하면 강했지 절대 약하지는 않아.'

단 이는 어디까지나 강현수의 버프 덕이 컸다.

하지만 지금까지처럼만 성장해 나간다면?

'몇 년 안에 신의 칭호를 손에 넣을 수 있을 거야.'

이는 강현수의 바람이 아니라.

회귀 전 세 사람의 행적과 회귀 후의 성장 속도를 보고 냉정하게 판단해서 내린 결론이었다.

'그렇게 되기 위해서는 이제 슬슬 따로 행동해야 해.'

강현수는 자신의 생각을 송하나, 투황, 유카에게 이야기하고 홀로 아우프 정글로 향했다.

'기분 묘하네.'

그 전에도 혼자 움직인 적이 있었다.

검신 이광호와 수호신 이철민을 이용한 테스트를 할 때도 혼자 움직였다.

그런데 그때랑 다르게 정말 혼자라는 느낌이 들었다.

'뭐, 그때는 잠깐이었으니까.'

하지만 아우프 정글에 도착한 이상 사정이 달라졌다.

한동안은 혼자서 생활하고 사냥해야 했다.

'내가 이럴 줄은 몰랐는데.'

혼자라는 사실에 익숙해졌다고 생각했다.

송하나, 투황, 유카와 함께하면서도 자신이 세 사람에게 도움을 주고 있다고 생각했지 도움을 받는다고는 생각하지 못했다.

한데 아니었다.

'나도 모르게 꽤 많이 의지하고 있었구나.'

회귀 전 강자여서.

강현수의 투자로 인해 최강의 자리에 오를 예정인 이들이라서가 아니었다.

세 사람의 특별함이나 가진 힘 때문이 아니라.

'그냥 보고 싶네.'

강현수의 입가에 쓸쓸한 미소가 피어올랐다.

'내가 이런 생각을 가질 줄은 몰랐는데.'

그 누구도 믿지 않았다.

아니, 믿을 수 없었다.

회귀 전에 받은 상처가 너무 컸다.

그런 자신이.

변했다.

그런데 이상하게 그 변화가 나쁘게 느껴지지 않았다.

'그럼 시작해 볼까.'

더 이상 감상에 젖어 있을 시간이 없었다.

'군단 소환.'

강현수의 부름에.

사아아악!

소환수들이 모습을 드러냈고.

'공격.'

강현수의 명령에 따라.

쿵쿵쿵!

소환수 군단이 아우프 정글의 몬스터들을 무차별적으로 쓸어 나갔다.

강현수도 가만히 있지 않았다.

부지런히 움직여 몬스터를 사냥했고.

계속해서 군단 구성 스킬을 사용해 소환수의 숫자를 늘려 나갔다.

'쉽네.'

아우프 정글의 몬스터들이 가진 가장 큰 무기인 독은 생자가 아닌 사자인 소환수들에게 그리 큰 영향을 미치지 못했다.

소환수들의 육체를 녹여 버릴 정도로 강력한 독을 가지고 있는 몬스터들도 있었지만.

'그 정도야 얼마든지 감당이 가능하지.'

사방에서 뿜어져 나오는 독기가 유일한 생자인 강현수를 공격했다.

그러나 막강한 독 저항력 덕분에 수월하게 버틸 수 있었다.

그리고.

[독성 스텟이 상승하였습니다.]

[독성 스텟이 상승하였습니다.]

[독성 스텟이 상승하였습니다.]

……후략……

독성 스텟이 미친 듯이 상승했다.

'쉴 시간이 없네.'

몬스터가 워낙 많아 쉼 없이 움직여야 했다.

강현수가 자는 동안에도 소환수들은 쉼 없이 몬스터들을 사냥했고.

레벨이 계속해서 상승했다.

강현수는 레벨이 올라가며 생긴 스텟으로 소환수를 만들었고.

스텟이 바닥을 드러낼 즈음 스킬 강화를 레플리카에 사용했다.

그리고 이런 일을 석 달 넘게 무한 반복했을 무렵.

손님이 강현수를 찾아왔다.

"하하하, 잘 지내셨습니까?"

빙화신검이 멋쩍은 미소를 지으며 입을 열었고.

그 옆에는 30대 초반 정도로 보이는 여인이 자리해 있었다.

"이 친구가 꼭 한번 뵙고 싶다고 해서 찾아왔습니다."

강현수는 저 여인이 누군지 알고 있었다.

'신마검.'

신의 칭호를 가진 플레이어이자.

'검의 달인.'

회귀 전 강현수의 검술 실력이 아틀란티스 차원에서 열 손가락 안에 들어갈 정도라면.

'신마검은 세 손가락 안에 들어가지.'

어쩌면 아틀란티스 차원 최고일지도 몰랐다.

뱀피릭 오러나 탐식의 검 같은 특별한 스킬이나 아이템의 힘을 빌리지 않고도 신의 칭호를 얻었으니까.

그러나.

'너무 일찍 죽었지.'

아틀란티스 차원을 대표하는 네 명의 검사.

검신, 검황, 검성, 검존.

이건 빙화신검과 신마검이 목숨을 잃은 후 확립된 구도였다.

"당신과 싸워 보고 싶습니다."

그때 불쑥 신마검이 입을 열었다.

"저랑요?"

"예, 빙화신검을 꺾으셨다고 들었습니다."

"그래서 싸워 보고 싶다는 건가요?"

"그렇습니다."

'그래, 이런 사람이었지.'

그 누구보다도 무에 대한 자부심이 강했던 인물.

타고난 투사였고.

검사였던 인물.

기습적으로 이루어진 마왕군의 대대적인 침공에 맞서 홀로 조국을 지켜 냈던 자.

"저기 이 친구가 다른 뜻이 있어서 그런 건 아니고 원래 이런 타입입니다. 그러니까 불쾌해하지 마시고……."

중간에 끼인 빙화신검이 난감하다는 듯 입을 털었다.

"좋습니다."

강현수가 선선하게 신마검의 제안을 수락했다.

하지만.

"대신 제가 이기면 제 부탁을 하나 들어주셔야 합니다."

"좋아요. 대신 제가 이기더라도 제 부탁 하나를 들어주세요."

"좋습니다."

강현수가 선선히 허락했다.

"그럼 시작하죠."

"그러죠."

신마검의 말과 강현수의 허락이 떨어지기 무섭게.

스르릉.

두 사람이 동시에 검을 뽑아 들었다.

그리고.

꽈아앙!

강현수와 신마검이 격돌했다.

푸른빛 오러에 휩싸인 신마검의 검이 강현수를 향해 맹공을 퍼부었다.

'역시 보통 실력이 아니야.'

오러의 위력도 스텟도 그 외의 스킬도 모두 강현수가 위였다.

그러나 신마검의 빈틈없이 완벽한 검술은 강현수를 긴장시키기에 충분했다.

하지만.

'그동안 놀고만 있었던 게 아니라고.'

강현수는 회귀 후 회귀 전의 자신을 따라잡기 위해 끊임없이 노력했다.

하나 유일하게 처음부터 회귀 전보다 회귀 후에 더 앞서는 것이 있었다.

그건 바로 검술.

강현수는 30년 넘게 검술을 익힌 검사였다.

일인분대라는 직업을 손에 넣으면서 검사의 주력 스킬은 손에 넣지 못했지만.

그 단점을 보완하기 위해 자신의 검술을 더욱더 갈고닦았다.

검술은 강현수라는 인간이 가지고 있는 순수한 기량이자 실력.

가이아 시스템의 힘을 빌린 스킬이 아니었고.

랭크 또한 존재하지 않았다.

그렇기에.

'계속해서 앞으로 나아갈 수 있었지.'

강현수는 스스로 재능 있는 편이라고 생각해 본 적이 없었다.

회귀 전.

황이라는 칭호를 손에 넣고.

아틀란티스에서 열 손가락 안에 들어갈 만한 검술 실력을 손에 넣었지만.

강현수는 항상 위를 바라봤다.

괴물이라고 표현할 수밖에 없는 재능과 센스를 가진 존재들.

주머니 속의 송곳처럼 아무리 감추려고 해도 도저히 감출수 없는 재능을 가진 존재들.

그런 존재들을 따라잡기 위해 필사적으로 노력해.

'겨우 그 위치까지 갈 수 있었지.'

그러나 회귀라는 믿기 힘든 기회를 손에 넣은 지금.

'넘어설 수 있다.'

믿기 힘든 재능과 센스를 가진 존재들을 따라잡는 게 아니라 뛰어넘을 수 있는 기회를 손에 넣었다.

'기회를 손에 넣었는데도 잡지 못하면 바보나 다름이 없지.'

강현수는 아틀란티스 차원에 존재하는 최상위 플레이어들의 검술을 속속들이 알고 있었다.

그들의 검술을 종합해 무적의 검술을 만들어 낸다?

그건 불가능했다.

오히려.

'그중 하나라도 그들과 같은 수준에 오를 수 있으면 기적이지.'

그렇지만 강현수는 회귀자였고.

그들보다 더 많은 시간을 손에 넣었다.

또한.

'이미 답안지를 가지고 있는 상태야.'

자신이 그들이 될 수는 없다.

그러나 그들의 검술을 완벽하게 파악하고 분쇄할 수는 있다.

그리고 그러는 과정에서 강현수의 검술은 계속해서 성장해 나갔다.

강현수는 스스로 재능이 없다고 생각했지만.

그건 어디까지나 위를 바라봤기에 그런 것일 뿐.

회귀 전의 강현수는 누가 뭐라고 해도 아틀란티스 차원을 통틀어 30위 안에 들어가는 실력을 가진 최상위권에 자리한 플레이어였다.

그런 이가 재능이 없을 리가 없지 않은가.

파강! 파강!

검과 검이 충돌하며 화려하면서도 파괴적인 궤적을 그려 낸다.

스텟, 스킬, 검술.

무엇 하나 밀리지 않았다.

빙화신검을 휘하로 거둔 이후 강현수는 잠시도 쉬지 않았다.

계속해서 강해지기 위해 노력했고.

신성 스텟과 마력 스텟의 융합이라는 새로운 힘을 손에 넣었다.

그러나 굳이 그 힘을 쓰지 않더라도.

파강! 파강!

전력을 다하지 않더라도 강현수는 강했다.

신마검은 강현수와 그 짧은 시간 수백 번 넘게 검을 마주했다.

그러나 단 한 번도 강현수를 밀어붙이지 못했다.

오히려 간신히 버티는 게 고작이었다.

꽈아아앙!

폭음과 함께 신마검의 몸이 대지에 틀어박혔다.

"제가 졌습니다. 강하시군요."

신마검이 힘겹게 몸을 일으키며 말했다.

팔다리가 부들부들 떨렸고 전신에 크고 작은 상처가 나 있었다.

'강해지기는 했구나.'

강현수는 자신이 회귀 전의 자신을 뛰어넘었음을 실감할 수 있었다.

신마검.

비록 회귀 전처럼 완성된 상태는 아니었지만.

현재 아틀란티스 차원에서 최강이라 불려도 무방한 존재.

그런 존재를 홀로 꺾은 것이다.

빙화신검을 꺾으며 어렴풋이 느꼈던 현재 자신의 강함을.

신마검을 꺾으며 확실히 실감할 수 있었다.

"어떤 부탁을 하실 생각이시죠?"

신마검의 물음에.

"다크 나이트에 들어와 주셨으면 합니다."

강현수가 담담하게 말했다.

애초에 빙화신검과 같이 온 걸 보면.

'분명히 빙화신검과 권신이 받았던 버프에 관심이 있을 거야.'

그게 아니라면?

굳이 자신을 찾아올 필요가 없었다.

'어, 그건 아닌가?'

생각해 보니 신마검의 성향이라면?

버프가 없더라도 강현수와 겨루기 위해서라도 찾아왔을 것 같기는 했다.

"그렇게 하겠습니다."

신마검이 담담하게 대답했다.

"설명은 들으셨나요?"

강현수가 빙화신검을 힐끗거리며 물었다.

"들었습니다. 사실 제가 이기고 당당하게 다크 나이트에 들어가고 싶다고 부탁드릴 생각이었습니다."

"아, 그러셨군요."

어차피 누가 이기든 신마검이 강현수의 휘하에 들어오는 건 확정된 사항이었던 모양이다.

'지휘관 임명.'

강현수가 지휘관 임명 스킬을 사용했고.

[플레이어 강현수가 지휘관 임명 스킬을 사용했습니다. 수락하시겠습니까?]

[예] [아니오]

신마검은 일말의 망설임도 없이 예를 선택했다.

[연대장으로 임명되셨습니다.]

[모든 스텟이 20% 증가합니다.]

"알고는 있었지만 정말 놀랍군요."

신마검이 놀란 표정을 지었다.

"그게 끝이 아닙니다."

강현수는 지휘관의 축복 스킬까지 시전했다.

신마검은 늘어난 스텟에 만족한다는 듯 얼굴 가득 환한 미소를 지었다.

"그런데 전에 저랑 싸웠을 때보다 강해지신 것 같습니다."

빙화신검이 도저히 이해할 수 없다는 듯한 표정으로 강현수에게 물었다.

사실 그렇다.

신의 칭호를 받을 정도의 최상위 플레이어들의 실력은 거의 극에 달해 있다.

레벨을 올리는 것도 보통 일이 아니고 말이다.

그런 만큼 실력이 갑자기 확 느는 건 사실상 불가능하다.

한데 강현수가 그걸 해냈으니.

빙화신검의 입장에서는 놀라울 수밖에 없었다.

"열심히 노력했으니까요."

"노력하지 않는 사람이 어디 있습니까."

강현수의 대답에 빙화신검이 아쉬운 표정으로 중얼거렸다.

뭔가 특별한 노하우가 있는데 자신에게 알려 주지 않는다고 생각하는 것 같았다.

'그냥 누적 스텟이 조금 더 늘었을 뿐인데.'

강현수 혼자만 써먹을 수 있는 방법이니 알려 줘 봐야 의미가 없었다.

'누적 스텟을 늘리는 건 무리일 것 같았는데.'

10만이 넘는 소환수 TO를 채우려면 스텟이 남아날 것 같지 않다.

그게 강현수의 생각이었다.

그러나 막상 또 상황이 그렇게 흘러가지는 않았다.

강현수 입장에서는 웬만하면 강력한 몬스터들로 소환수들의 TO를 채우고 싶었다.

소환수 숫자를 채우기에 급급해 괜히 머릿수만 늘리고 싶지는 않았기 때문이다.

그러다 보니 자연스럽게 소량이나마 스텟이 남았고.

당연히 조금씩이나마 누적 스텟이 쌓일 수밖에 없었다.

"정말 부럽습니다."

빙화신검의 말에 강현수가 피식하고 웃음을 터트렸다.

레벨이 오르면 레벨 업을 하기 어려워진다.

한데 강현수는 그런 제약에서 자유로웠다.

스킬 강화를 통해 0레벨 플레이어가 되면 너무도 손쉽게 광렙을 할 수 있었으니까.

신의 칭호를 얻고도 저레벨 플레이어만큼 성장할 수 있다는 것.

'이게 내 진짜 힘이지.'

아직 마왕군이 전면전을 걸어오려면 꽤 많은 시간이 남았다.

하나 지금까지처럼 꾸준히 힘을 키워 나간다면?

'충분히 이길 수 있어.'

빙화신검, 신마검과의 대결은 일종의 중간 점검이었다.

그리고 그 중간 점검의 결과는 무척이나 만족스러웠다.

변수

빙화신검과 신마검이 떠나갔고.

강현수는 다시금 사냥에 열중했다.

'역시 최고의 선택이었어.'

아우프 정글은 최고의 사냥터였다.

또 송하나, 투황, 유카를 떼어 놓고 온 것도 옳은 선택이었다.

'몬스터의 종류가 다양해.'

맹독을 품고 있는 몬스터들의 레벨은 제각각이었다.

일반적인 사냥터라면?

중저레벨 몬스터는 일반 플레이어들의 사냥으로 씨가 말랐을 것이다.

그러나 아우프 정글은 그렇지 않았다.

'송하나, 투황, 유카와 함께 왔다면 경험치 분배가 애매했을 거야.'

중저레벨 몬스터를 사냥하는 구간에서는?

경험치를 주지 않으니 구경만 할 수밖에 없었다.

그러나 0레벨 플레이어로 돌아갈 수 있는 강현수는 사정이 달랐다.

거기다.

'죽어서도 맹독을 뿜어내다니.'

왜 모든 플레이어들이 아우프 정글을 외면하는지 알 수 있을 것 같았다.

맹독을 품은 몬스터들은 곱게 죽지 않았다.

몸에 품고 있던 맹독을 퍼트린 후 죽었고 잔존 마력으로 변했다.

그럼 당연히 몬스터들을 잡은 자리는 독기로 가득했다.

강현수 입장에서는 독성 스탯을 늘릴 수 있는 훌륭한 영양분이지만?

'일반 플레이어들 입장에서는 돈 잡아먹는 귀신이지.'

그냥 아우프 정글에서 활동하는 것만으로도 쉼 없이 해독제를 섭취해야 했으니까 말이다.

거기다 몬스터가 정말 많았다.

'석 달 동안 청소를 했는데도 이 정도니.'

앞으로도 당분간은 아우프 정글에서 말뚝 박고 사냥해도 될 정도로 몬스터가 넉넉했다.

강현수는 사냥에 열중했다.

그러는 사이 소환수의 숫자는 꾸준히 늘어 갔고.

독성 스텟과 마기 스텟도 차근차근 올라갔다.

그렇게 오랜 시간이 흘렀다.

❋

'그 녀석이 아틀란티스 차원에 도착했다라.'

아우프 정글에서 사냥에 열중하고 있던 강현수의 귀에.

오랜 시간 기다려 왔던 이가 아틀란티스 차원에 모습을 드러냈다는 소식이 들어왔다.

'영국인이었지.'

중화길드는 마이트어 왕국에 이어 라메파질 왕국까지 완벽하게 장악했다.

이에 강현수는 중화길드의 길드 마스터인 멸마창왕 진구평에게 지시를 내려 오랜 시간 라메파질 왕국의 플레이어 아카데미를 주시해 왔다.

그러던 중 드디어 연락이 온 것이다.

'빌리.'

지금은 사라진 카발길드 소속 플레이어이자.

'1초 회귀자 스킬의 원주인.'

그가 아틀란티스 차원에 도착하기까지 꽤 오랜 시간을 기다렸다.

그런데 드디어 그가 왔다.

남은 두 개의 레플리카 스킬 중 하나를 채울 스킬.

지금의 강현수를 만들어 준 스킬.

'무조건 손에 넣어야지.'

강현수가 아우프 정글을 떠나 라메파질 왕국으로 향했다.

"저 녀석인가?"

강현수의 물음에.

"그렇습니다."

멸마창왕 진구평이 공손히 대답했다.

빌리는 현재 플레이어 아카데미에서 교육을 수료 중이었다.

일반적인 상황이라면 접근 자체가 불가능했지만.

라메파질 왕국의 플레이어 아카데미 자체를 중화길드가 컨트롤하고 있기에 손쉽게 들어올 수 있었다.

"데리고 올까요?"

멸마창왕 진구평의 물음에 강현수가 고개를 가로저었다.

"그럴 필요는 없다."

이제 갓 튜토리얼을 통과하고 플레이어 아카데미에 들어

온 녀석에게 스킬이 있어 봐야 얼마나 있겠는가?

레플리카 스킬을 연속으로 사용하면?

스택을 다 소모하기도 전에.

'보유한 모든 스킬을 확인할 수 있지.'

강현수가 레플리카 스킬을 사용해 빌리가 가지고 있는 스킬들을 확인했다.

대부분은 그저 그런 저랭크 스킬들뿐이었다.

그러던 중.

[고유 스킬 레플리카 – SSS랭크를 사용합니다.]

[스택 하나가 소모됩니다.]

[1초 예지 – E랭크의 레플리카를 만듭니다.]

[레플리카 스킬 1초 예지 – F랭크가 생성되었습니다.]

[레플리카 스킬은 원본의 240%의 능력치를 갖습니다.]

'어?'

강현수가 전혀 예상하지 못한 스킬이.

'이게 무슨?'

레플리카 스킬로 만들어졌다.

'1초 예지?'

강현수가 눈을 부릅떴다.

'어째서?'

애초에 강현수가 원했던 스킬은 1초 예지가 아니라 1초 회귀자였다.

또 1초 회귀자라는 스킬은 분명 플레이어 빌리가 가지고 있던 고유 스킬이 확실했다.

'그런데 왜?'

1초 회귀자 대신 1초 예지라는 스킬이 자신의 눈앞에 떠 있다는 말인가?

'설마 1초 회귀자와 1초 예지를 둘 다 가지고 있는 건가?'

절대 그럴 리가 없겠지만.

그럼에도 불구하고 그런 생각이 들 정도로 강현수는 크게 놀랐다.

그리고 다시금 스택을 소모해 빌리의 스킬을 확인했다.

그러나.

'없어.'

아무리 뒤져도.

'없다고.'

1초 회귀자라는 스킬은 존재하지 않았다.

있는 거라고는 1초 회귀자의 하위 호환이라고 할 수 있는 스킬.

1초 예지가 존재할 뿐이었다.

'도대체 어떻게 이런 일이.'

머리가 지끈거렸다.

회귀 후 많은 일들이 있었다.

또 직접 강현수의 손으로 미래를 비틀기도 했다.

그래서 수많은 변수가 생겨났지만.

'그건 모두 예상했던 바였어.'

그러나 1초 회귀자 스킬이 존재하지 않는다는 건 전혀 예상하지 못했다.

또한.

'빌리는 이제 막 아틀란티스 차원에 진입했어.'

쉽게 말해 강현수가 일으킨 일에 대한 나비효과에 영향을 받을 것도 없다는 말이었다.

강현수가 깊은 생각에 잠겨 들었다.

아무리 머리를 굴려 봐도 답은 하나였다.

'1회성 스킬이었던 건가?'

EX랭크로 성장한 회귀자.

거기에는 분명히.

'1회성 스킬이라고 써 있지.'

결론은 하나.

'회귀 전이든 후든 상관없다는 건가?'

1회성 스킬.

그 사용 시기가 어찌 되었든 단 한 번만 사용할 수 있는 스킬이라는 것.

'하지만 내가 사용한 건, 레플리카 스킬이었는데.'

오리지널이 아닌 레플리카.

레플리카를 사용했다고 오리지널이 사라지다니?

강현수의 상식으로는 절대 이해가 가지 않았다.

빌리가 사망한 직후.

그가 남긴 스킬북은 1초 회귀자가 아니라 공격 스킬이었다.

그렇다면?

'오리지널은 소모되지 않았어.'

그럼 당연히 남아야 하는 거 아닌가?

한데 오리지널이 존재하지 않았다.

그리고 아무리 봐도 하위 호환이라고 할 수 있는 1초 예지라는 스킬이 자리를 잡고 있었다.

답은 하나.

'레플리카든 오리지널이든 상관없다는 건가.'

1초 회귀자는 어차피 회귀자라는 스킬을 손에 넣기 위한 준비물.

회귀 전 1초 회귀자라는 스킬을 손에 넣은 사람은 둘이지만.

회귀자라는 스킬을 손에 넣은 건 강현수가 유일했다.

'두 번은 없다는 거네.'

강현수는 한 번 패배했다.

그러나 회귀자 스킬을 통해 다시 과거로 돌아왔고.

또 한 번의 기회를 얻었다.

'이번이 마지막이라는 건가.'

강현수가 이를 악물었다.

어차피 1초 회귀자를 손에 넣으려고 한 이유는 전투에 활용하기 위해서였다.

쿨타임이 길다는 단점이 있기는 했지만.

1초 회귀자는 전투에 있어 말 그대로 사기적인 능력을 보유한 스킬이었으니까.

그러나.

'혹시 모를 사태에 대한 보험 정도는 되어 줄 거라고 생각했는데.'

보험 따위는 존재하지 않았다.

1초 예지와 1초 회귀자는 전혀 다르다.

전투에 활용할 수 있는 성능 면에서도 하위 호환이었고.

'1초 예지가 EX랭크가 된다고 해도.'

회귀라는 사기적인 스킬이 탄생할 리가 없었다.

'뭐, 어쩔 수 없지.'

강현수는 미련을 버렸다.

'한 번의 기회를 얻은 걸로 충분해.'

1초 회귀자라는 스킬을 손에 넣지는 못했지만.

1초 예지라는 스킬을 손에 넣은 걸로 충분히 만족하고 있었다.

"저 녀석을 네 휘하에 넣어."

강현수의 지시에.

"예, 그렇게 하겠습니다."

멸마창왕 진구평이 공손히 대답했다.

강현수가 플레이어 아카데미를 떠나 아우프 정글로 향했다.

이제 다시 사냥에 전념해야 할 때였다.

✦

'겨우 다 채웠네.'

강현수가 미소를 지었다.

오랜 노력 끝에 10만이 넘는 소환수의 TO가 가득 찼다.

어중이떠중이로 채웠다면?

좀 더 빨리 소환수 TO를 채울 수 있었겠지만.

'그래서는 의미가 없지.'

최고로만 채우려다 보니 시간이 조금 더 오래 걸렸다.

'독성 스텟도 만족할 만큼 올렸고.'

강현수가 손을 들어 독성 스텟을 끌어 올리자.

진한 초록빛이 강현수의 손을 감쌌다.

웬만한 중저레벨 플레이어는 중독되는 순간 즉사.

상위레벨 플레이어라고 해도 즉사는 면하겠지만.

'그리 오래 버티기는 힘들겠지.'

단 최상위 레벨.

랭커나 네임드 플레이어라면?

'버틸 수 있겠지.'

그러나 어디까지나 버티는 것일 뿐.

체력이 저하되고 움직임이 둔화되는 건 어쩔 수가 없었다.

그리고 그건.

'최상위 플레이어들의 전투에서는 치명적이지.'

독성 스탯이 최상위 플레이어들에게도 통할 정도로 성장했다는 사실에 강현수는 깊은 만족감을 느꼈다.

강현수가 가진 치명적인 무기 하나가.

새롭게 생긴 거나 마찬가지였으니까 말이다.

'이제 합류해야겠어.'

송하나, 투황, 유카.

그간 계속 연락을 취해 왔지만.

꽤 오랜 시간 만나지 않았던 이들을 만날 때가 왔다.

거기다.

'오랜만에 제대로 일을 내기도 했고.'

미래 예지.

그간 쿨타임이 돌 때마다 사용했다.

그러나 말 그대로 쓰레기 같은 정보만 뱉어 냈다.

한데 오래간만에 제대로 사고를 쳤다.

'대규모 몬스터 웨이브라.'

미래 예지가 보여 준 건 북부에서 벌어지는 대규모 몬스터 웨이브에 대한 정보였다.

'회귀 전에는 없었던 일이야.'

그럼?

'단순한 몬스터 웨이브가 아니라는 말이지.'

누군가 인위적으로 일으킨 몬스터 웨이브.

아마도.

'마왕군의 소행일 확률이 높겠지.'

오크 군단의 침공 이후.

한참 있다가 진행되었어야 할 언데드 군단의 침공이 앞당겨 시행되었다.

그 외에도 아우프 정글의 몬스터 웨이브도 강현수가 홀로 막아 냈다.

당연히 마왕군의 공격 방법이 달라질 거라고 생각했지만.

강현수로서도 정확한 시기를 측정하기는 힘들었다.

이미 강현수의 영향으로 회귀 전과 회귀 후의 아틀란티스 차원은 많은 게 달라졌으니까.

그러나.

'북부 몬스터 웨이브라면 짐작 가는 게 있지.'

빙마족.

마족의 상위종 중 하나.

오크가 하위종이고 언데드가 중위종이라면?

'빙마족은 상위종이지.'

성년이 됨과 동시에 상급 마족 정도의 힘을 지니고.

'웬만큼 노련해지면 손쉽게 마계 귀족의 자리를 얻어 내지.'

마룡족보다는 그 격이 떨어지지만.

'빙마족은 절대 우습게 볼 수 없지.'

그나마 다행이라면.

'마족의 상위족 이상은 그 수가 적다는 점이지.'

그러나 수가 적은 만큼 강하다.

'북부의 몬스터 웨이브가 일어난다면 빙마족이 개입되어 있을 확률이 높아.'

최소 마계 자작.

어쩌면 마계 백작이나 마계 후작이 개입했을 수도 있었다.

'미래 예지 스킬의 발동 시간이 조금만 더 길었어도.'

좀 더 정확한 정보를 파악할 수 있었으리라.

그러나 발동 시간이 너무 짧았다.

'그나마 시기를 알 수 있는 정보가 있어서 다행이었지.'

강현수가 본 미래는 북부의 영주 중 하나가 대규모 몬스터 웨이브 발생으로 주변 영지가 쓸려 나갔다는 보고를 받는 장면이었다.

'보고가 제대로 이루어져서 다행이었지.'

그 덕분에 정확히 언제 몬스터 웨이브가 발생해 북부의 영지들이 무너졌는지 알 수 있었다.

'19일 후.'

그때 북부 영주 라보레이 자작이 주변 영지가 무너졌다는 소식을 듣는다.

그 말은?

'최대한 빨리 움직여야 한다는 거지.'

그건 대략 17~18일 후 북부에서 몬스터 웨이브가 일어난 다는 뜻이었으니까.

'굳이 기다릴 필요는 없지.'

몬스터 웨이브가 발생하기 전에 미리미리 몬스터를 정리하면 그만이었다.

'그렇지 않아도 아우프 정글에 가득 차 있던 몬스터들이 바닥나 걱정이었는데.'

알아서 훌륭한 사냥감들이 잔뜩 몰려들었다.

단순한 몬스터 웨이브라면?

'그냥 사냥을 한다고 생각하면 그만이지.'

그러나 강현수의 예상처럼 빙마족이 차원 게이트를 넘어 아틀란티스 차원에 진입한 거라면?

'질 좋은 소환수들을 손에 넣을 수 있는 절호의 기회지.'

거기다 대량 학살을 당할 뻔했던 북부의 플레이어들과 민간인들의 목숨도 구할 수 있었다.

'버릴까 했더니 쓸 만한 정보를 물어 오네.'

오래간만에 성과를 낸 미래 예지 스킬은.

오리지널이 아니라 레플리카였다.

"현수야!"

"현수 씨!"

송하나와 유카가 환한 얼굴로 손을 흔들었고.

"오랜만이네."

투황이 입꼬리를 올리며 손을 들었다.

"다들 오랜만이네."

강현수의 입가에 환한 미소가 피어올랐다.

그간 꽤 오랜 시간 떨어져 있었지만.

전혀 어색하지 않았다.

오히려 그간 떨어져 있던 모습을 아쉬워할 뿐.

"몬스터 웨이브가 일어난단다. 어느 정도 규모야?"

투황의 물음에.

"북부 영지들이 초토화된다는 것밖에 없어. 단순한 몬스터 웨이브일 수도 있고. 그게 아니면 마족이 개입한 걸 수도 있지."

강현수가 차분하게 대답했다.

"기대되네."

"기대? 레벨을 잔뜩 올릴 수 있을까 봐?"

"그것도 그거지만. 그간 올린 실력을 네 앞에서 선보일 수 있으니까."

투황의 말에 송하나와 유카의 입에도 자신감이 피어올랐다.

"그동안 레벨을 꽤 많이 올렸나 봐?"

강현수의 물음에.

"단순히 레벨만 올린 게 아니지."

투황이 확신 어린 목소리로 대답했고.

"맞아, 현수야. 기대해도 좋아."

"전과는 많이 다를 거예요."

그 뒤를 잇는 송하나와 유카의 목소리에도 힘이 넘쳤다.

"좋네."

가슴이 뿌듯해졌다.

'그간 나 혼자 성장한 건 아닌 모양이네.'

송하나, 투황, 유카.

세 사람도 적잖이 성장한 것 같았다.

'이 세 사람이 끝이 아니겠지.'

그간 강현수가 휘하에 거뒀던 플레이어들 모두가 끊임없이 성장했을 것이다.

'어쩌면 당연한 건가.'

회귀 전 더 안 좋은 상황과 여건에서도 최강자의 자리에 오른 이들이다.

그런 이들이 강현수의 적극적인 지원을 받았고.

쉼 없이 달릴 수밖에 없도록 채찍질을 당했다.

'진구평이 왕의 자리를 지키고 있는 것만 봐도 놀랍기는 하지.'

현재 멸마창왕이라고 불리는 진구평은 회귀 전 왕의 칭호를 손에 넣지 못했다.

강현수가 준 버프의 도움으로 왕의 칭호를 손에 넣기는 했지만.

'지키지 못할 거라고 생각했는데.'

의외로 잘 지켜 내고 있었다.

물론 기존의 칭호를 뛰어넘는 강함을 손에 넣은 적염제 도르초프, 검왕 장석원, 인의군왕 신창후에 비하면 모자라지만.

'그 셋은 애초에 씨앗 자체가 달랐으니까.'

멸마창왕 진구평 같은 쭉정이가 뿌리를 내리고 싹을 틔우는 건 기적에 가까웠다.

'뭐, 잘 조여 놓기도 했고.'

강현수의 예상과 달리 멸마창왕 진구평이 가진 잠재력은 상상 이상으로 뛰어났다.

'아마 그런 자들이 많았겠지.'

그러나 이런저런 사정과 사고로 인해 제대로 싹을 틔우기도 전에 짓밟혔으리라.

'뭐, 회귀 전보다는 그런 이들이 많이 줄어들었겠지.'

지금 강현수가 하려는 일 역시 그런 일 중에 하나였다.

"우리끼리만 가는 거야?"

송하나가 기대감 어린 눈빛으로 강현수에게 물었다.

"어, 그렇기는 한데 대비는 해야지."

몬스터 웨이브?

강현수 혼자 막아 낼 자신이 있다.

그건 빙마족이 개입되어 있다고 해도 마찬가지였다.

그러나.

'만사 불여튼튼이지.'

강현수는 혹시 모를 사태를 대비해 로크토 제국의 황제 세실리아에게 연락을 취했고.

그 결과 북부 지대에 지원군이 추가되고 대대적인 수비 작업이 시작되었다.

그뿐 아니라 타 차원 출신 플레이어 연합 역시 정예 병력을 보내왔다.

'어쩌면 허탕을 칠 수도 있겠지만.'

자칫 잘못해 대참사가 발생하는 것보다는 나았다.

"바로 들어갈 거야?"

송하나가 강현수에게 물었다.

"아니, 아직 준비가 다 갖춰지지 않았으니까."

대대적인 수비 작업은 진행 중이지만.

로크토 제국의 지원군이 아직 북부에 도착하지 않았다.

'도착하면 움직인다.'

그게 안전했으니까.

'그렇게 오래 걸리지도 않을 거고.'

공간 이동 게이트가 있었으니까 말이다.

하루.

단 하루 만에 로크토 제국군의 지원군이 도착했다.

그리고.

"로크토 제국군의 지원 사령관 이반 야멜리코넨이 공작 각하를 뵙습니다."

총책임자가 환한 얼굴로 강현수를 찾아와 인사를 했다.

"오랜만이네요."

"네, 오랜만입니다."

강현수와 이반이 환한 미소를 지으며 서로의 손을 마주 잡았다.

"사령관이라? 출세하셨네요."

"다 현수 씨 덕분입니다. 뭐, 어디까지나 임시 지원 사령관이기는 하지만요."

이반의 표정에는 자신감이 넘쳤다.

회귀 전 일인군단이라고 불리던 자.

강현수가 현재 가지고 있는 직업인 일인군단의 원주인.

괴력 스킬의 소유자.

그간 종종 연락은 취하고 있었다.

'로크토 제국군에서 승승장구하고 있다는 소식은 들었지만.'

설마 아무리 임시라고는 해도 로크토 제국군의 사령관 자리를 얻을 줄은 몰랐다.

'세실리아가 손을 쓴 거겠지.'

그러나 아무리 그렇다고 해도.

이반의 실력이 볼품없었다면 어림도 없는 일이었다.

'무왕이라고 불린다고 했었나.'

왕의 칭호를 손에 넣었다.

그것도 무왕이라는 칭호를 말이다.

괴력 스킬을 보유하고 있는 만큼 일반적인 플레이어들과는 격이 다른 성장을 할 거라고 예상은 했지만.

이 정도일 줄은 몰랐다.

'버프도 약한데 말이야.'

송하나, 투황, 유카처럼 연대장 직책을 준다면?

'무왕이 아니라 무황이라고 불릴 수도 있겠어.'

강현수의 입가에 만족스러운 미소가 피어올랐다.

회귀 전 자신이 원하지 않던 직업을 얻어 자신이 원하지 않던 삶을 살았던 이반의 얼굴에는 항상 근심, 걱정, 불만이 가득했다.

그러나.

강현수에 의해 비틀린 미래를 맞이한 이반의 얼굴은.

기쁨, 자신감, 만족으로 가득 차 있었다.

'회귀 전에 진 빚을 이렇게 갚게 되는 건가.'

강현수는 이반의 성장에 만족했다.

그리고 그에 합당한 상을 줄 생각이었다.

"선물이에요."

[소대장 이반 야멜리코넨을 연대의 지휘관으로 임명하셨습니다.]

[스텟이 소모됩니다.]

[이반 야멜리코넨의 직위가 소대장에서 연대장으로 변경됩니다.]

강현수의 말과 동시에.

이반 야멜리코넨의 직위가 소대장에서 연대장으로 상승했다.

"헉!"

갑작스럽게 버프가 확 늘어났다.

그러나 그게 끝이 아니었다.

강현수가 지휘관의 축복까지 내려 줬으니까.

"이, 이게 무슨?"

이반의 얼굴이 경악으로 물들었다.

"그간 잘 성장해 준 것에 대한 보답입니다."

강현수의 말에 이반의 얼굴에 경악 대신 환한 미소가 피어올랐다.

"감사합니다. 앞으로도 절대 실망시켜 드리지 않겠습니다."

이반의 힘 있는 목소리에 강현수가 묵묵히 고개를 끄덕였다.

그간 뿌렸던 씨앗들이 힘차게 성장하고 있는 모습을 직접 목격하니 절로 기분이 좋아졌다.

'그럼 가 볼까.'

로크토 제국의 지원군이 도착했으니.

이제 몬스터 웨이브가 일어날 북부를 마음껏 공격할 차례였다.

＊＊＊

강현수가 로크토 제국의 영토를 넘어 북부로 진입했다.

차가운 냉기가 콧속으로 빨려 들어오며 차가운 공기가 폐를 가득 채웠다.

"옛날 생각 나네."

투황이 아련한 표정으로 중얼거렸다.

"옛날 생각?"

"그래. 소도시 소크에 있었을 때 말이야."

"아."

얼음왕의 목걸이를 손에 넣은 소도시 소크.

강현수와 송하나, 투황의 첫 원정이 시작되었던 곳.

"그러고 보니까 비슷하네. 옛날 생각나고 좋다."

송하나가 끼어들었다.

"좋긴, 악몽이었지."

"뭐, 그렇기는 하지. 정말 힘들었으니까."

"현수 너 그때 너무했어."

"맞아!"

강현수, 송하나, 투황의 대화에 유카가 뾰로통한 표정을 지었다.

자기가 모르는 이야기를 하니 당연히 기분이 좋을 수가 없었다.

"자, 그럼 시작하자."

강현수의 말에 모두가 고개를 끄덕였다.

몬스터 웨이브가 시작될 장소.

당연히 몬스터가 쏟아져 나올 수밖에 없었다.

그러니 만반의 채비를 갖춰야 했다.

그런데.

"뭐야. 이거."

"정말 몬스터 웨이브가 일어나는 거 맞아?"

아무리 가도 몬스터가 코빼기도 보이지 않았다.

"먼저 온 손님이 있는 모양이네."

강현수의 말에 송하나, 투황, 유카가 고개를 갸웃거렸다.

"손님?"

"계속 눈이 내려서 가려져 있기는 한데. 자세히 보면 전투 흔적이 남아 있어."

강현수의 말에 송하나, 투황, 유카가 주변을 살펴봤다.

"진짜네."

"거기다 오래된 것도 아닌 것 같아."

시간이 오래되었다면?

이미 눈에 뒤덮여 흔적 자체가 사라졌을 것이다.

"누구지?"

북부 지역은 워낙 추워서 플레이어들에게 인기가 없다.

거기다 몬스터 웨이브에 대한 경계 태세로 성문도 걸어 잠근 상태.

당연히 출입하는 플레이어가 없어야 정상이었다.

"그러게 한번 확인해 봐야겠어."

강현수가 눈을 번뜩였다.

누가 자신의 사냥감에 먼저 손을 댄 건지 궁금했으니까 말이다.

'보통 놈은 아닐 것 같은데.'

이곳은 로크토 제국의 황제 세실리아와 타 차원 출신 플레이어 연합의 연합장 적염제 도르초프가 출입을 금한 곳이다.

그걸 어기고 들어와 몬스터를 사냥한다?

평범한 플레이어라면 절대 하지 못할 행동이었다.

얼마 가지 않아 강현수 일행은 한 명의 플레이어를 만날 수 있었다.

'누구지?'

한 자루의 창을 들고 있는 붉은빛 머리카락과 수염을 가진 40대 중반의 남자.

어디서 본 듯한 얼굴인데 정확히 기억이 나지는 않았다.

"응? 네놈들은 누구냐? 어떻게 여기에 들어왔지?"

그때 강현수 일행을 발견한 상대가 의아한 표정으로 물었다.

"그건 내가 묻고 싶은 말인데?"

강현수의 물음에 상대가 피식하고 헛웃음을 터트렸다.

"황제의 개들인가?"

황제를 자신의 아래로 보는 듯한 상대의 말을 듣자.

'그놈이었구나.'

강현수는 그제야 상대가 누구인지 알아차렸다.

신창 드레포마.

신의 칭호를 가진 플레이어 중 하나이자.

유서 깊은 로크토 제국의 명문가인 샤로드 공작가의 가주.

그리고.

'로크토 제국의 독불장군.'

로크토 제국 최고 명문가의 장자로 태어나 플레이어로 각성했고.

그 후 신의 칭호를 손에 쥐었다.

'황제도 컨트롤하지 못하는 인물이었지.'

하나 그렇다고 신창 드레포마가 황제보다 위에 있다는 뜻은 아니었다.

신창 드레포마 역시 공식적으로는 로크토 제국의 귀족이었고.

'황제의 신하지.'

지금은 세실리아가 로크토 제국의 황제였지만.

회귀 전 황제는 로디우스 2세였다.

신창 드레포마는 황제인 로디우스 2세의 말을.

'씹었지.'

그것도 대놓고.

그럼에도 로디우스 2세는 신창 드레포마를 어찌하지 못했다.

가문의 힘과 신의 칭호를 가진 플레이어라는 명성을 이용해 만든 플레이어 군단의 힘 때문이었다.

애초에 신창 드레포마의 무력 자체가 규격 외이기도 했고 말이다.

'자기 잘난 맛에 사는 놈이지.'

로크토 제국의 귀족이라면?

아무리 신의 칭호를 가진 플레이어라고 해도 일단 황제의 명령을 듣는 시늉이라도 해야 했다.

그런데 신창 드레포마는 전혀 그러지 않았다.

오히려 회귀 전 황제였던 로디우스 2세를 겁박하는 하극상을 대놓고 벌이기도 했다.

'지금도 비슷한 모양이네.'

황제인 세실리아와 접점이 있어 보이지는 않았지만.

'대놓고 황제의 명령을 무시하고 이곳에 들어왔으니.'

타고난 성향은 회귀 전이나 후나 전혀 달라진 게 없는 듯 보였다.

'잘 만났네.'

강현수의 입가에 환한 미소가 피어올랐다.

그렇지 않아도 기회가 되면 한번 손봐 줄 생각이었다.

'겸사겸사 휘하에도 넣고.'

신창 드레포마의 실력은 진짜였다.

또한 그의 휘하에 있는 플레이어 군단 역시 꽤 훌륭한 전력이었다.

'로크토 제국이 멸망한 후에도 독자적인 세력을 유지했을 정도니까.'

그러나 독불장군의 한계는 명확했다.

결국 꽤 버텼지만.

'자신의 무력을 과신하다 너무 어처구니없이 목숨을 잃었

지.'

항상 그게 아쉬웠다.

신창 드레포마와 그 휘하 세력들이 생존해 있었다면?

다른 플레이어들과 힘을 합쳤다면?

인류가 생존하는 데 적잖은 도움이 되었을 테니까 말이다.

'뭐, 그래 봤자 결과는 동일했겠지만.'

하나 강현수가 신창 드레포마와 그 휘하 세력을 거두게 된다면?

상황이 달라질 것이다.

"왜 내가 묻는 말에 대답하지 않는 거지? 황제의 개냐고 물었을 텐데?"

신창 드레포마의 물음에.

"너 미쳤냐? 황제가 네 친구야? 네 부하야? 어디 건방지게 신하가 군주를 그렇게 함부로 불러?"

강현수의 역공에.

"네놈이 미친 게 확실하구나. 내가 누군 줄 알고 그런 망발을 내뱉는다는 말이냐."

신창 드레포마의 얼굴에 노기가 서렸다.

"망발은 내가 아니라, 네가 하고 있는 거지."

강현수의 대답에 신창 드레포마의 얼굴이 사납게 일그러졌다.

신창 드레포마

"오냐. 내 친히 네놈의 그 싸가지없는 버르장머리를 뜯어 고쳐 주마."

타악!

신창 드레포마가 번개 같은 속도로 몸을 날려 강현수를 향해 창을 휘둘렀다.

죽일 생각은 아니었다.

그저 목 앞에 창날이 놓인 후에도 저런 건방진 태도를 유지할 수 있을지 궁금했을 뿐이다.

그런데.

덥석!

신창 드레포마가 휘두른 창의 날이 강현수의 맨손에 붙잡했다.

"이게 무슨?"

신창 드레포마는 적잖이 놀랐다.

그러나 그게 다였다.

"건방진 이유가 있었군. 한 수 재간이 있는 놈이었어."

전력을 다해 휘두른 게 아니었다.

오러도 싣지 않았다.

그저 위협할 생각으로 가볍게 창을 휘둘렀을 뿐이다.

'어중이떠중이는 아니야.'

그렇지만.

아무리 그렇다고 해도 자신이 휘두른 창을 가볍게 잡아 내다니?

이건 보통 실력으로는 불가능했다.

'하지만 그래 봤자다.'

신창 드레포마는 신의 칭호를 손에 넣은 플레이어다.

또 스스로가 신의 칭호를 손에 넣은 플레이어들 중 최강이라고 생각했다.

그런 신창 드레포마를 이길 수 있는 이는?

'아무도 없지.'

방금 전 일은 그저 전력을 다하지 않아 생긴 작은 해프닝일 뿐이다.

"각오하는 게 좋을 거다."

0레벨
플레이어

신창 드레포마가 말을 끝내기 무섭게 오러를 끌어 올렸다.

콰콰콰콰콰!

그와 동시에 창날이 시뻘건 오러로 물들었다.

신창 드레포마는 강현수가 물러나거나 창을 놓을 거라고 생각했지만.

강현수는 창날을 잡은 채 꿈쩍도 하지 않고 있었다.

'도대체 뭐가 어떻게 된 거야?'

전력을 다했다.

오러를 끌어 올렸고.

버프 스킬들과 공격 스킬들을 발동시켰다.

그런데.

'왜 안 움직이는 거야.'

강현수의 손에 잡힌 창날이 꿈쩍도 하지 않았다.

'이건 불가능해.'

압도적인 실력 차이가 있는 게 아니고서는 절대 이런 일이 벌어질 수 없다.

신창 드레포마는 자신이 지금 겪고 있는 일이.

자신의 눈앞에서 벌어지고 있는 일이.

도저히 믿기지 않았다.

그러나 이는 분명한 현실이었다.

"으아아아아!"

신창 드레포마가 현실을 바꾸기 위해 마력을 최대치로 끌어울렸다.

그러나.

여전히 창날은 꿈쩍도 하지 않았다.

오히려.

휘익!

꽈아아앙!

강현수가 창날을 잡아 들어 올리자.

신창 드레포마의 몸이 허공으로 치솟았고.

휘익!

강현수의 손을 휘둘러 창을 집어 던지자.

꽈아앙!

신창 드레포마의 몸이 창과 함께 눈으로 뒤덮인 바닥에 처박혔다.

"큭!"

신창 드레포마의 두 눈이 경악으로 물들었다.

"네놈은 누구냐? 설마 마족이냐?"

신창 드레포마가 경계심 가득한 표정으로 강현수를 노려봤다.

"마족은 무슨. 나도 플레이어다."

"플레이어? 그런데 어떻게 나를?"

"그건 일단 네놈의 싸가지없는 버르장머리를 뜯어고친 후에 알려 주도록 하지."

0레벨
플레이어

강현수가 방금 전 신창 드레포마가 한 말을 그대로 돌려주
자.

"놈!"

분노한 신창 드레포마가 강현수에게 달려들었다.

방금 전의 사례가 있었기에 이번에는 조금도 방심하지 않
았다.

창을 사용하는 만큼 거리를 유지했고.

스텟, 스킬, 마력을 쥐어짜 전력을 다했다.

그러나 그건?

강현수도 마찬가지였다.

'이놈은 적당히 할 필요가 없지.'

빙화신검이나 신마검처럼 대해 주면 오히려 기어오를 놈
이다.

저런 놈을 상대로는.

'압도적인 힘으로 찍어 눌러 줘야 뒤탈이 없지.'

우득! 우득!

강현수가 오래간만에 이중으로 야수화 스킬을 발동시켰
다.

그러자 모든 스텟이 급격히 상승했다.

당연히 그중에는 괴력 스킬의 영향을 받는 힘 스텟도 포함
되어 있었다.

그게 끝이 아니었다.

강현수 역시 뱀파릭 오러, 스킬 증폭, 융합 등을 모든 스킬과 아이템의 힘을 총동원했다.

그 결과.

꽈앙! 꽈앙! 꽈앙!

신창 드레포마의 몸이 순식간에 만신창이로 변하기 시작했다.

핏빛 오러로 뒤덮인 강현수가 검을 휘두르면?

신창 드레포마의 창을 뒤덮고 있던 붉은빛 오러가 눈에 띄게 줄어들었다.

그게 끝이 아니었다.

차마 해소하지 못한 충격이 신창 드레포마의 몸을 뒤덮었다.

피부가 갈라지고 피가 튄다.

근육이 터지고 뼈가 부러질 것 같은 충격이 몰려온다.

신창 드레포마는 이를 악물고 다시 일어나 강현수에게 덤벼들었다.

그러나 결과는 절대 바뀌지 않았다.

창의 긴 리치를 활용해 날린 공격은 순식간에 막혔고.

운 좋게 날아간 오러의 파편은 강현수의 몸에 아무런 상처도 입히지 못했다.

반면 강현수의 공격은 날카롭게 적중해 큰 상처를 남겼고.

오러의 파편이 신창 드레포마의 몸에 작은 부상을 입혔다.

꽈앙! 꽈앙! 꽈앙!

신창 드레포마는 순식간에 만신창이로 변해 눈으로 뒤덮인 바닥을 나뒹굴었다.

강현수가 다시 덤벼들라는 듯 검을 까닥이자.

"으아아아!"

신창 드레포마가 다시금 전력을 향해 달려들었다.

그러나.

꽈앙!

결과는 동일했다.

강현수가 차분하게 기다리고 신창 드레포마가 오뚝이처럼 일어나 다시 덤벼들었다.

하지만 결과가 바뀌는 일은 없었고.

그에 비례해 신창 드레포마의 두 눈에 가득 차 있던 자신감이 빠른 속도로 증발했다.

전력을 다해 달려들어도 순식간에 나가떨어지니.

자신감이 남아날 리가 없었다.

압도적인 격차.

그간 자신이 다른 플레이어들을 상대로 보여 주었던 차원이 다른 강함.

그에 따른 허무함과 굴욕감.

그간 자신이 다른 플레이어들에게 느끼게 해 주었던 감정을 신창 드레포마가 고스란히 역으로 느끼게 되어 버렸다.

'절대 이길 수 없어.'

신창 드레포마의 독기가 꺾였다.

방심한 것도 아니고.

비겁한 수법에 당한 것도 아니다.

철저하게 실력으로 박살이 났다.

그리고 확실하게 느꼈다.

'100번을 다시 싸워도 결과는 마찬가지야.'

신창 드레포마의 저항 의지가 무참히 꺾였다.

"당신은 누구지?"

상식적으로 이해가 가지 않았다.

자신은 신의 칭호를 가진 플레이어였고.

그중에서도 최고라고 자부했다.

설사 다른 신의 칭호를 가진 플레이어라고 해도 자신이 이기면 이겼지 절대 패배하는 일은 없을 거라고 생각했다.

그게 오만이라고 치더라도.

'내가 이렇게 압도적으로 패배하다니.'

이건 절대 있을 수 없는 일이었다.

"말하는 꼬라지를 보아하니 아직 교정이 덜 됐군."

"뭐?"

강현수가 검 대신 검집을 들었고.

퍼억! 퍼억!

무자비한 몽둥이찜질이 이어졌다.

"커억! 크윽!"

신창 드레포마는 어떻게든 막아 내려고 했다.

그러나 아무런 의미가 없었다.

아무리 저항을 해도 무용지물이었다.

스텟, 스킬, 창술.

그 무엇 하나 상대를 압도하지 못했다.

결국 신창 드레포마는 일방적으로 강현수에게 두들겨 맞을 수밖에 없었다.

"이쯤이면 정신을 좀 차렸으려나?"

강현수의 중얼거림에.

"도대체 저에게 왜 이러시는 겁니까?"

신창 드레포마가 억울함이 가득한 어조로 물었다.

왜 자신을 두들겨 팬단 말인가?

"네가 먼저 덤벼들었잖아. 잊었어? 누군가를 죽이려고 했으면 그 대가를 치러야지."

강현수의 반문에.

"다, 단순히 위협만 하려 했을 뿐입니다! 당신 정도 실력자라면 그 정도는 알 거 아닙니까."

신창 드레포마가 악을 쓰며 외쳤다.

"맞아. 알아. 그래서 나도 널 죽이지는 않고 있잖아."

신창 드레포마는 선인도 악인도 아니다.

그저 자기 잘난 맛에 사는 괴짜일 뿐.

"저 혼자만의 무력이 제가 가지고 있는 힘의 전부라고 생각하지 마십시오."

신창 드레포마가 이글거리는 눈빛으로 강현수를 노려보며 말했다.

"네가 거느리고 있는 플레이어들을 믿고 있는 건가?"

신창 드레포마는 독보적인 무력을 가진 플레이어였지만.

빙화신검, 권신, 신마검같이 홀로 독보하는 존재는 아니었다.

강력한 세력을 갖춘 최고위 귀족이자 독자적인 세력을 갖추고 있는 군주였다.

"그런데 그건 나도 마찬가지인데?"

강현수가 그 말과 함께 지휘관 계급을 가지고 있는 소환수들 중 일부를 소환했다.

1,000기가 넘는 소환수의 등장에 신창 드레포마는 적잖이 놀랐다.

뿜어져 나오는 마력만 보더라도 절대 어중이떠중이가 아니었다.

오히려.

'강하다.'

넘실거리는 마력의 양이 그들이 랭커나 네임드 플레이어 수준의 강자임을 증명해 주고 있었다.

'이건 불가능해. 불가능하다고.'

저런 전력이 현존한다는 것이.

단 한 명의 플레이어가 보유하고 있다는 것이.

도저히 믿기지 않았다.

로크토 제국의 황제라고 해도 저런 전력을 수족처럼 다룰 수는 없다.

신창 드레포마의 머릿속이 멍해졌다.

"아직 기가 꺾이지 않은 것 같은데? 왜, 내 수하들의 실력이 의심스러워?"

강현수가 그 말과 함께 손짓하자.

마룡 카라스를 제외한 사단장 셋이 앞으로 나섰다.

도플갱어 킹 탈리만, 오크 로크 카쉬쿠, 데스 나이트 버나드.

"이 셋 중 하나라도 이긴다면 네 목숨을 살려 주는 건 물론 손끝 하나 대지 않고 무사히 돌려보내 주지."

강현수의 말에 신창 드레포마의 눈이 번뜩였다.

이미 잔뜩 두들겨 맞기는 했지만.

더 두들겨 맞거나.

이 자리에서.

'죽을 수는 없지.'

신창 드레포마는 살고 싶었다.

"정말이십니까?"

"그래, 대신 네가 저 셋에게 모두 지면 넌 내 수하가 되어야 한다."

"수하?"

"그래, 내기에 응하겠나?"

강현수의 물음에.

"그렇게 하겠습니다."

신창 드레포마가 수락과 함께 양손으로 창을 꼭 움켜쥐었다.

'내가 질 리가 없다.'

강현수에게 패배하는 이변이 발생했지만.

'저놈은 규격 외의 괴물이야.'

워낙 압도적인 실력 차가 있으니 수긍할 수밖에 없었다.

그러나.

'저놈의 수하에게까지 패배할 수는 없다.'

더군다나 이번 대결에 자신의 목숨이 달려 있다.

'절대 신의 칭호를 가진 플레이어는 아니야.'

독불장군 같은 성격 탓에 다른 신의 칭호를 가진 플레이어와 교류한 적은 없었지만.

언제 상대하게 될지 모르기에 나름대로 조사를 했다.

완전무장을 하고 있어 얼굴을 확인할 수는 없었지만.

'체형과 무기, 성별이 전혀 일치하지 않는다.'

저 셋은 절대 신의 칭호를 가진 플레이어가 아니었다.

그럼?

자신이.

신창 드레포마가 패배할 일도 없었다.

그러나 방심하지는 않았다.

가벼운 마음으로 움직였을 뿐인데 큰 봉변을 당했다.

목숨이 위태로웠다.

자신이 패배할 거라고는 생각하지 않았지만.

괜히 방심했다가 또 봉변을 당할 수는 없었다.

'무조건 살아남아서 무사히 빠져나간다.'

상대의 무력은 압도적이다.

자력으로는 탈출이 불가능한 상황.

막말로 이 자리에서 죽을 수도 있다.

그런데 상대가 먼저 기회를 줬다.

'절대 패배하지 않는다.'

상대의 자신감 넘치는 태도가 마음에 걸리기는 했지만.

무명의 플레이어 중에 신의 칭호를 가진 자신을 일방적으로 쓰러트릴 정도의 강자가 셋이나 더 있다는 사실은 믿기 힘들었다.

아니, 인정할 수 없었다.

아무리 아틀란티스 차원이 넓고 숨겨진 강자가 많다지만.

모든 플레이어의 정점에 서 있는 자신을 꺾을 수 있는 존재가.

'저렇게 많을 리 없어.'

그걸 인정하는 건.

그간 쌓아 온 신창 드레포마의 프라이드를 산산조각 내는 일이었다.

"그럼 시작."

그러나.

강현수의 한마디와 함께 시작된 첫 번째 대결은.

꽈앙! 꽈앙!

"커억!"

신창 드레포마의 패배로 끝났다.

그것도 꽤 일방적으로 말이다.

'이럴 수가.'

순식간에 스스로가 로크토 제국.

아니, 아틀란티스 차원 최강이라고 생각했던 자존심이 박살 났고 자존감이 뭉개졌다.

"자, 그럼 다음."

강현수의 말에 승리를 거둔 도플갱어 킹 탈리만이 물러나고 오크 로크 카쉬쿠가 앞으로 나왔다.

"잠시만 기다려 주십시오! 전 부상을 당했고 체력과 마력이 꽤 많이 소모되었습니다!"

자존심이 박살 나고 자존감이 뭉개진 신창 드레포마는 더이상 체면을 차릴 상황이 아니었다.

"좋아."

강현수가 불멸의 성화를 걸어 줌과 동시에 소모된 체력과 마력이 회복되도록 충분히 기다려 줬다.

'이런 망할.'

체력 스텟과 마력 스텟이 높아 회복 속도가 빠른 게 이렇게 원망스러울 수가 없었다.

"그럼 두 번째 대결 시작이다."

첫 번째 대결에서 패배한 신창 드레포마가 어금니를 꽉 깨물고 두 번째 대결에 임했다.

그러나.

퍼어엉!

"크윽!"

결과는 동일했다.

연달아 두 번째 패배를 당했다.

"마지막 세 번째."

그리고 만반의 준비를 갖추고 세 번째 대결을 벌였지만.

콰직!

"으아아아!"

너무나 당연하게도 세 번째 대결 역시 패배해 버렸다.

"어떻게 이럴 수가! 이건 말도 안 돼!"

신창 드레포마는 자신이 연달아 네 번이나 패배했다는 사실을 도저히 믿을 수가 없었다.

"내가 이겼네?"

그런 신창 드레포마의 귀에 강현수의 목소리가 들려왔다.

신창 드레포마는 자신이 겪은 일을 부정하고 싶었지만.

눈앞에 서 있는 강현수의 존재에.

자신에게 닥친 현실을 인정할 수밖에 없었다.

"혹시 인정 못 하겠어? 그럼 다시 도전해도 괜찮아. 인정할 수 있을 때까지 상대해 줄 테니까."

강현수가 싱글싱글 웃으며 신창 드레포마에게 말했다.

"아닙니다. 제가 졌습니다."

신창 드레포마가 순순히 패배를 인정했다.

10번을 싸워도 100번을 싸워도 1,000번을 싸워도.

'지금의 나로서는 절대 이길 수 없다.'

완전히 기가 꺾여 버렸다.

이는 당연한 일이었다.

신창 드레포마.

로크토 제국의 독불장군.

그가 안하무인으로 행동을 할 수 있던 근본인 무력이.

무참히 꺾이고 짓밟혔으니까.

"당신이 누군지 알려 주실 수 있으십니까?"

신창 드레포마의 물음에.

"다크 나이트의 수장."

강현수가 짧게 대답했다.

'척마혈신.'

신창 드레포마가 어금니를 악물었다.

사실 강현수가 야수화 스킬을 사용하는 모습을 보고 대충 짐작은 하고 있었다.

그간 수집한 정보에 따르면 야수화 스킬과 신의 칭호를 동시에 가진 플레이어는 척마혈신뿐이었으니까.

그러나 비교적 최근에 합류한 신참이 이렇게 강할 줄은 꿈에도 몰랐다.

"내기 결과에 승복하는 거지?"

강현수의 물음에 신창 드레포마가 고개를 끄덕였다.

무력도 꺾이고 자존심도 꺾였으니 굴복하지 않을 도리가 없었다.

'괜히 이곳에 와서.'

엄청나게 큰 봉변을 당했다.

거기다 안하무인에 독불장군으로 살아가던 자신이 누군가의 수하가 될 수밖에 없는 운명이 되어 버렸다.

'싫은데.'

마음 같아서는 거절하고 싶었지만.

차마 그럴 수도 없었다.

압도적인 무위를 가진 강현수에게 완전히 기가 꺾여 굴복하기도 했고.

1,000기나 되는 다크 나이트들을 보니 발뺌하거나 도망쳐

도 소용없다는 생각이 들었기 때문이다.

'혼자 오는 게 아니었는데.'

뭐, 수하들을 데리고 왔어도 별 차이는 없었겠지만.

괜히 아쉬운 마음이 들었다.

"너무 억울하게 생각할 필요는 없어. 조만간 찾아가려고 했으니까. 어차피 이렇게 될 거. 그 시기가 조금 당겨졌다고 생각하면 될 거야."

"그게 무슨 말씀이십니까?"

신창 드레포마가 조심스럽게 물었다.

지금까지는 자신이 재수 없이 걸렸다고 생각했다.

그런데 그게 조금 당겨졌을 뿐이라니?

"빙화신검, 권신, 신마검 그 셋은 이미 내 수하다."

강현수의 말에 신창 드레포마가 눈을 부릅떴다.

"이번 일을 정리하고 위치가 알려진 너를 포함해서 다른 녀석들을 차례로 찾아갈 생각이었어. 그러니까 너무 억울해 하지 말라고."

"신의 칭호를 가진 플레이어들을 모두 수하로 거둘 생각이신 겁니까?"

"그래야 앞으로 싸움이 편해지니까."

강현수의 대답에 신창 드레포마가 입을 쩍 하고 벌렸다.

신의 칭호를 가진 플레이어들을 모두 수하로 거두겠다니?

그건 상식적으로 실현 불가능한 일이었다.

그러나.

'저자라면 가능할지도 몰라.'

압도적인 무력으로 자신을 꺾었다.

거기다 자신을 꺾을 수준의 강자를 셋이나 휘하에 데리고 있었고.

신의 칭호를 가진 플레이어 셋을 이미 휘하에 거뒀다면?

정말 신의 칭호를 가진 플레이어 모두를 휘하에 거둘 수 있을지도 몰랐다.

'하지만 분명 거부하는 자들이 나올 텐데.'

잠시 머리를 굴려 봤다.

하지만.

'그럼 좋은 꼴은 보지 못하겠지.'

바로 지금의 자신처럼 말이다.

'결국 모두 굴복할 수밖에 없어.'

아니면 죽거나.

'어차피 들어가야 한다면 먼저 들어가는 게 낫다.'

사실 죽고 싶지 않다면 결국 고개를 조아릴 수밖에 없기도 했다.

강현수가 신창 드레포마를 압도적인 힘과 세력으로 꺾지 않았다면?

차라리 죽으면 죽었지 강현수의 수하가 될 수는 없다고 거부했을 수도 있다.

그러나 너무나 압도적으로 강현수에게 깨졌고.

그것도 모자라 강현수의 수하들에까지 깨졌기에.

신창 드레포마는?

강현수 앞에서 세울 자존심이 더 이상 남아 있지 않았다.

"받아들여라."

강현수가 지휘관 임명 스킬을 사용했고.

[플레이어 강현수가 지휘관 임명 스킬을 사용했습니다. 수락하시겠습니까?]

[예] [아니오]

시스템 메시지가 떠올랐다.

"이건 뭡니까?"

"내 수하가 되는 과정이지."

"가이아 시스템으로 강제되는 겁니까?"

"맞아."

강현수의 대답에 신창 드레포마가 얼굴을 찌푸렸다.

이런 식일 거라고는 생각하지 못했기 때문이다.

'영혼의 계약서를 들이밀 거라고 생각했는데.'

하지만 실질적으로 가이아 시스템의 힘에 얽매인다는 점에서는?

큰 차이가 없었다.

어차피 신창 드레포마에게 선택지 자체가 없기도 했고 말이다.

"받아들이겠습니다."

신창 드레포마가 예를 선택했다.

그 순간.

[연대장으로 임명되셨습니다.]
[모든 스텟이 20% 증가합니다.]

"헉!"

신창 드레포마의 입이 쩍 하고 벌어졌다.

설마 수하로 들어갔는데 이런 버프를 받을 줄은 몰랐기 때문이다.

"하나 더 있다."

강현수가 그 말과 함께 지휘관의 축복까지 내려 주었다.

그간 열심히 사용한 결과 지휘관의 축복은 SSS랭크로 성장했다.

SSS랭크 지휘관의 축복 버프 효과는 모든 스텟 40% 증가.

단숨에 모든 스텟이 60%나 강해지자 신창 드레포마는 전신에 넘치는 힘에 큰 전율을 느낄 수밖에 없었다.

힘에 굴복해 강현수의 휘하에 들어가기는 했지만.

'큰 제약을 걸거나 목줄을 채울 거라고 생각했는데.'

설마 이렇게 큰 선물을 받을 줄은 꿈에도 상상하지 못했다.

"새롭게 생긴 스킬들에 대해서 간단하게 설명을 해 주마."

강현수가 연대장으로서 할 수 있는 스킬들에 대한 설명을 해 주자.

"저만 강해지는 게 아니라 제 세력까지 함께 키울 수 있는 힘이군요."

신창 드레포마의 입가에 환한 미소가 피어올랐다.

자신이 강해진 것만 해도 입이 쩍 벌어질 성과인데 수하들까지 강해질 수 있다니?

실로 사기적인 힘이 자신의 손에 들어온 것이다.

"이런 거라면 처음부터 말씀을 해 주시지."

신창 드레포마가 아쉬운 표정으로 중얼거렸다.

이런 버프가 있는 줄 알았다면?

전신이 만신창이가 될 때까지 반항하는 대신.

한번 깨지자마자 순순히 강현수의 휘하에 들어갔을 것이다.

"제약이 있으니까."

"그럴 거라고 생각은 했습니다."

강현수가 상위 지휘관의 권한에 대해서 이야기를 해 줬다.

그러나 신창 드레포마는 예상했다는 듯 묵묵히 고개를 끄덕였다.

0레벨
플레이어

이런 사기적인 힘을 주는데 그 정도 제약이 없다?

'그럴 리가 없지.'

오히려 이런 제약이 있는 게 당연하게 느껴질 정도였다.

그와 동시에.

'어째서 그렇게 강했는지 알겠어.'

이런 사기적인 버프 효과가 있으니.

무명인 상대 셋이 자신을 꺾은 것이리라.

'지금이라면 다를 텐데.'

호승심이 끓어올랐다.

전신에 넘쳐흐르는 힘을 온전히 컨트롤할 수 있게 된다면?

방금 전 당한 패배를 순식간에 설욕할 수 있을 것 같았다.

"혹시 며칠 후 저들과 다시 싸우게 해 주실 수 있을까요?"

신창 드레포마가 도플갱어 킹 탈리만, 오크 로크 카쉬쿠, 데스 나이트 버나드를 노려보며 물었다.

"얼마든지."

휘하 소환수와 플레이어가 서로 격돌해 성장할 수 있다면?

강현수로서는 얼마든지 환영해 줄 수 있었다.

단 며칠 후는 불가능했다.

"대신 조금 더 많이 기다려야 할 거다."

"몬스터 웨이브 때문입니까?"

신창 드레포마의 물음에 강현수가 고개를 끄덕였다.

"마족이 개입되어 있을 수도 있으니까."

마족이 차원 게이트를 넘어온 상황에서 대련 같은 걸 할 여유가 있을 리가 없었다.

"알겠습니다. 언제든 불러 주십시오."

"떠날 생각인가?"

강현수의 물음에 신창 드레포마가 고개를 끄덕였다.

"네, 일단 적응이 필요할 것 같아서요."

갑자기 모든 스텟이 60%나 늘어났으니.

안전한 곳에서 늘어난 신체 능력을 점검하고 온전히 자신의 것으로 만들 필요가 있었다.

"그렇게 해라."

"감사합니다."

강현수의 허락에 신창 드레포마가 공손히 고개를 숙이고 그대로 물러났다.

"또 하나 수집했네."

송하나가 의미심장한 표정으로 강현수에게 말했다.

"수집은 무슨."

이건 어디까지나 수집이 아니라 포섭이었다.

"그런데 정말 다른 신의 칭호를 가진 플레이어들도 휘하에 넣을 생각이었어?"

투황이 강현수에게 물었다.

"그래야지. 괜히 전력을 분산시켜서 허무하게 날려 먹을 수는 없으니까."

강현수가 회귀하며 가장 크게 달라진 점은 무란 왕국, 테라 왕국, 라메파질 왕국의 피해나 멸망을 막은 것도 막은 거지만.

'내분의 싹을 잘라 냈다는 게 중요하지.'

마족들의 수작으로 무너지는 피해를 막아 내는 것도 중요하다.

그러나 더 중요한 건 내분으로 제 살 깎아 먹기를 하는 상황을 방지하는 것.

원주민 플레이어와 타 차원 플레이어의 충돌을 막고. 원주민 플레이어와 원주민 플레이어의 대립, 타 차원 플레이어와 다차원 플레이어의 대립, 왕과 귀족의 대립, 귀족과 귀족의 대립, 왕국과 왕국의 대립, 황제와 귀족의 대립, 제국과 제국의 대립을 온전히 막아 냈다.

'내전으로 생기는 손해를 최소화했어.'

그러나 안심할 수는 없었다.

앞으로 벌어질 수많은 대립이 남아 있었으니까.

그 싹을 온전히 자르기 위해서는.

신의 칭호를 가진 플레이어들을 온전히 강현수의 휘하에 거둘 필요성이 있었다.

또한.

'유카 같은 케이스도 관리를 해야지.'

광혈마녀 유카.

최강의 플레이어 중 하나이자 아틀란티스 차원 모든 인류의 공적.

사실상 제 살 깎아 먹기의 최고봉에 있던 존재 중 하나다.

그러나.

'지금은 우리 편이지.'

광혈마녀 유카와 같이 플레이어이면서도 인류를 적대시했던 공적들이 존재했다.

'마왕군이 가이아 시스템에 개입해 탄생한 존재인 것 같기는 한데.'

그들이 제대로 뿌리를 내리기 전에 정리해야 했다.

광혈마녀 유카처럼 휘하에 거두든.

그게 아니면.

숨통을 끊어 제거하든.

'몬스터 웨이브를 정리하고 곧바로 움직인다.'

인류의 힘을 하나로 모아 마왕군의 침공을 손쉽게 격퇴하고 마왕을 쓰러트린다.

그러면.

'돌아갈 수 있어.'

부모님과 누나 그리고 형을 다시 만날 수 있다.

다시 지구의 평범한 일상으로 돌아갈 수 있다.

'철저하게 준비한다.'

강현수가 할 수 있는 모든 준비를 끝낸다.

전력을 다해 이길 수밖에 없는 상황을 만들어 놓는다.

그게 강현수의 목표였다.

그 목표를 이루기 위해서는.

'부지런히 움직여야지.'

일단 북부에서 일어날 예정인 몬스터 웨이브부터 말끔하게 정리해야 했다.

'군단 소환.'

강현수가 소환수들을 소환했고.

순식간에 10만이 넘는 대군이 만들어졌다.

송하나와 투황이 전투준비를 했고.

"나와라!"

유카가 그간 공들여 만든 골렘들을 아공간에서 꺼냈다.

"가자."

강현수의 말과 함께 대대적인 병력이 압도적인 전력으로 북부에 서식하던 몬스터들을 순식간에 초토화시켜 나가기 시작했다.

❇

'이상하네.'

북부 지대에 들어와 몬스터를 초토화시키며 이동한 지 일

주일이라는 시간이 지났다.

그런데 한 가지 이상한 점이 있었다.

몬스터가 많기는 많은데.

'몬스터 웨이브가 일어날 정도로 밀집되어 있는 건 아니야.'

아무리 신창 드레포마가 미리 정리를 했다고 해도.

'그 짧은 시간에 몬스터 웨이브를 막을 수는 없지.'

그 말인즉.

'새로운 차원 게이트가 열리고 대대적으로 몬스터들이 쏟아져 나온다는 말이지.'

이건 마왕군이 개입하지 않으면 일어날 수 없는 일이었다.

'잘만 하면 생각보다 손쉽게 해결할 수도 있겠어.'

마룡 카라스가 용종 몬스터 군단을 이끌고 침공해 왔을 당시.

강현수는 차원 게이트를 틀어막는 형식으로 비교적 손쉽게 용종 몬스터 군단의 침공을 막아 냈다.

이번에도 그런 일이 발생한다면?

'별다른 피해 없이 해결할 수 있어.'

강현수는 비행형 소환수를 뿌려 주변을 감시했다.

그러던 중.

'찾았다.'

마룡 카라스가 용종 몬스터 군단을 가지고 침공해 왔을 때보다 훨씬 거대한 차원 게이트 하나를 발견할 수 있었다.

혹한의 군주

강현수가 소환수들을 모두 역소환하고 마룡 카라스만을 소환했다.

"찾았어."

강현수의 말이 떨어지기 무섭게 송하나, 투황, 유카가 눈을 반짝였다.

"차원 게이트가 맞아?"

투황의 물음에 강현수가 고개를 끄덕였다.

"마룡 카라스의 용종 몬스터 군단이 등장했을 때보다 더 커."

"그럼 얼른 가자."

송하나가 재빨리 말했다.

최대한 빨리 가서 차원 게이트 앞을 점령하는 게 피해를 최소화할 수 있는 길이었다.

　　"얼른 타."

　　강현수의 말에 송하나, 투황, 유카가 마룡 카라스의 등 위에 올라탔고.

　　─캬아아아앙!

　　마룡 카라스가 힘찬 포효와 함께 하늘로 날아올랐다.

　　'좋아.'

　　강현수의 얼굴이 밝아졌다.

　　차원 게이트는 열린 지 얼마 안 된 상태.

　　이제 막 몬스터들을 쏟아 내고 있었다.

　　몬스터는 대부분 추위에 강한 종이었는데.

　　'종류가 다양하네.'

　　아이스 고블린, 아이스 오크, 아이스 트롤 등등.

　　중하위 종의 몬스터들이 무더기로 쏟아져 나왔다.

　　'이 정도면 무난하게 막을 수 있겠어.'

　　여차하면 빙화신검을 포함한 신의 칭호를 가진 플레이어들을 포함한 휘하 플레이어들을 모두 소환할 생각이었는데.

　　굳이 그럴 필요는 없어 보였다.

　　잠시 후.

　　강현수 일행이 목적지에 도착했고.

　　"가자."

강현수의 말이 떨어지기 무섭게 지상으로 뛰어내렸다.

'군단 소환.'

강현수가 소환수들을 소환해 차원 게이트를 완벽하게 밀봉했다.

그리고 다른 한편으로는 비행형 몬스터들을 풀어 북부를 감시했다.

혹시 다른 차원 게이트가 열릴지도 모르는 일이었기 때문이다.

"정리하자."

강현수의 말과 동시에 일방적인 학살이 벌어졌다.

"쿠룩! 인간이다!"

"죽여라!"

차원 게이트를 빠져나온 몬스터들이 강현수 일행과 소환수들을 향해 달려들었지만.

좌악! 콰직!

일방적인 학살을 당할 뿐이었다.

'쉽네.'

차원 게이트는 끊임없이 몬스터들을 토해 냈지만.

고작 중하위 종의 몬스터들로는 소환수는커녕 선두에 있는 강현수 일행의 포위망조차 뚫을 수가 없었다.

말 그대로 소환수들이 구경꾼이 된 상황.

강현수는 차분하게 몬스터를 처리했다.

'좋네.'

중하위 종의 몬스터들이라 경험치에 큰 도움이 되지는 않았지만.

'마기를 가지고 있어.'

마계에서 방금 넘어온 중하위 종의 몬스터들은 미약하나마 마기를 보유하고 있었다.

마기의 구슬이 차오르고 신성 스텟이 올라가는 상황.

강현수 입장에서는 손쉽게 몬스터를 처리하며 경험치, 마기 스텟, 신성 스텟을 올릴 수 있었다.

'이제 슬슬 수준이 올라가네.'

아이스 트롤과 아이스 오우거를 비롯해 중상위 몬스터 종들이 슬금슬금 등장했다.

그러나 결과는 동일했다.

몬스터들이 순식간에 썰려 나갔다.

'이 정도면 무난하겠네.'

설사 몬스터들이 각개격파 당하지 않고 하나로 뭉쳐 있었다고 해도 이 정도면 손쉽게 상대할 수 있는 수준이었다.

'마족은 언제 나오는 거지?'

차원 게이트의 규모와 몬스터의 숫자를 보면?

분명히 이 몬스터들을 이끄는 마족이 등장해야 했다.

한데 최상위 종 몬스터들이 나오는 상황에서도 마족은 모습을 드러내지 않았다.

'뭐, 나야 나쁠 거 없지.'

마족이 나와 봐야 휘하 몬스터들이 전멸한 상태니 혼자일 거고.

설사 마족이 나오지 않는다면?

생각보다 손쉽게 마왕군의 침공을 막은 꼴이 된다.

'저 정도로 큰 차원 게이트를 오픈하고도 넘어오지 않으면 결국 마왕군에게 마이너스일 뿐이니까.'

이래도 좋고 저래도 좋은 상황.

그러던 와중에 차원 게이트에서 물밀듯이 밀려들던 몬스터들의 행렬이 뚝 끊겼다.

'끝이냐? 시작이냐?'

이대로 차원 게이트가 닫히느냐.

아니면 마족이 등장하느냐.

그게 중요했다.

쿵! 쿵! 쿵!

그때 큰 발소리와 함께 차원 게이트에서 몬스터가 아닌 마족이 모습을 드러냈다.

그런데.

'이게 뭐야?'

등장한 마족들은 한두 개체가 아니었다.

족히 수천은 되어 보이는 완전무장 한 마족의 대군이 차원 게이트를 통해 모습을 드러낸 것이다.

'이런 미친.'

마족은 강하다.

또 그만큼 그 수가 많지 않다.

그런데 그런 마족들이 이렇게 무더기로 쏟아져 나오다니?

이 정도면 회귀 전 전면전이 벌어졌을 당시 열렸던 수많은 차원 게이트 중 하나가 열린 꼴이나 마찬가지였다.

'벌써 저 정도 전력을 투입할 정도로 차원 게이트가 안정화됐다고?'

오크 군단의 침공의 경우 더 많은 병력을 쏟아부었지만.

그중 대부분이 최하급 마족이었다.

반면 저들은?

'최소 중급 마족 이상.'

숫자는 적지만.

전력은 월등히 높았다.

'회귀 전보다 훨씬 빠른 속도야.'

지금은 비록 하나의 게이트지만.

'언제 숫자가 늘어날지 몰라.'

강현수의 얼굴이 긴장으로 물들었다.

변수가 너무 커졌기 때문이다.

다만 그렇다고 강현수가 해야 할 일이 변하지는 않았다.

-총공격.

강현수가 공격 명령을 내렸다.

더 많은 숫자의 마족들이 차원 게이트를 넘어오기 전에 쓸어버려야 했다.

화르르륵! 파지지직! 콰콰콰콰!

강현수의 소환수들 중 원거리 공격이 가능한 이들이 일제히 총공격을 퍼부었다.

"이게 무슨?"

"저놈들은 도대체 뭐지?"

"어떻게 우리의 공격을?"

강현수가 놀란 만큼 마족들도 놀랐다.

아틀란티스 차원 인간들의 눈을 피하기 위해 일부러 북부의 오지에 차원 게이트를 열었다.

한데 미리 건너갔던 몬스터들은 사라지고 적들이 총공격을 해 오니 당연히 당황할 수밖에 없었다.

"적들을 모두 죽여라!"

"우리의 군주 아리보사 님을 위해 싸워라!"

마족들이 힘찬 외침과 함께 소환수들을 향해 달려들었고.

꽈아아앙!

금방 치열한 접전이 벌어졌다.

'아리보사? 혹한의 군주가 벌써 나온 건가?'

강현수는 마족들이 외친 군주의 이름을 듣고 경악했다.

아리보사는 마계 후작이자 빙마족의 한 계파를 이끌고 있는 수장이었다.

'백작급이 나올 줄 알았는데.'

혹시나 했는데 설마 벌써 후작급이 나올 줄이야.

모든 게 회귀 전보다 빨랐다.

'군단 소환.'

강현수가 휘하 지휘관들을 소환했다.

빙화신검, 권신, 신마검, 신창같이 신의 칭호를 가진 플레이어들을 시작으로 황제인 세실리아를 제외한 모든 휘하 지휘관들을 소집했다.

"갑자기 무슨 일이⋯⋯."

영문도 모르고 소환된 빙화신검이 말을 이어 가다 멈췄다.

"마족이군요."

그러더니 얼굴 가득 미소를 머금고 두 자루의 검을 움켜쥔 상태로 마족들을 향해 달려들었다.

권신, 신마검, 신창도 마찬가지였다.

"일이 심상치 않게 돌아가는 모양이군요."

이 소식을 미리 알고 있던 적염제 및 다른 휘하 지휘관들 역시 상황을 파악하고 곧바로 전투에 합류했다.

강현수의 소환수 군단.

유카의 골렘들.

거기다 휘하 지휘관들까지 총동원된 대단위 전투가 벌어졌다.

그리고 그 전투의 결과는.

꽈아아앙!

"캬아아악! 미천한 인간 놈들이!"

"보통 인간이 아니다! 너무 강해!"

일방적인 우세였다.

차원 게이트를 넘어온 마왕군은 말 그대로 순식간에 분쇄 당했다.

강현수를 포함한 소환수들의 강력함.

거기다 신의 칭호를 가진 플레이어들의 합류.

또 송하나, 투황, 유카를 비롯한 휘하 지휘관들의 활약까지.

'자신감이 넘친다 싶었는데. 허풍은 아니었네.'

송하나, 투황, 유카는 엄청난 무위를 선보이며 최선두에서 활약했다.

특히 송하나의 경우.

신의 칭호를 가진 플레이어들을 능가하는 속도로 마족의 숫자를 줄여 나갔다.

그럴 수 있는 이유는 하나.

송하나가 마검사였기 때문이다.

'광역 공격은 마법사 계열을 따라갈 수가 없지.'

그러나 송하나가 보이는 모습은 확실히 규격 외였다.

검과 마법 그 어느 쪽도 어중간한 모습을 보이지 않았다.

송하나의 광역 공격 스킬은 정점에 선 원거리 딜러 수준이었고.

근접전 역시 빈틈없이 완벽했다.

여기에 리치 군단의 원거리 딜 지원까지 있으니.

마족들은 차원 게이트를 통과하는 순간부터 집중포화를 얻어맞고 죽거나 부상당한 상태로 전투를 이어 나가야 했다.

'투황과 유카도 강해졌네.'

투황은 황금빛 오러를 휘감은 팔다리를 휘두르며 폭주기관차 같은 기세로 마족들을 분쇄했고.

그간 2,000기가량으로 늘어난 유카의 골렘 군단은 마족들의 사체를 집어삼키며 계속해서 숫자를 불려 갔다.

'나도 부지런히 움직여야지.'

강현수는 빠르게 스텟을 소모하며 소환수들을 바꿔 나갔다.

예상보다 월등히 빠른 마족의 침공은 분명 큰 변수였고 악재였다.

그렇지만.

'반대로 내 전력도 빠르게 강화시킬 수 있어.'

강한 마족을 발견하면 소환수로 만들었고.

마족들이 뿜어내는 마이너스한 감정과 마기는 순식간에 마기의 구슬을 가득 채워 마기 스텟을 올렸다.

마족들이 무더기로 죽어 나가니?

당연히 자연스럽게 흩어져야 할 잔존 마기를 흡수한 신성 스텟도 빠르게 올라갔다.

'무난하네.'

신의 칭호를 가진 플레이어들과 휘하 플레이어들을 총동원한 게 무안할 정도로 전투는 일방적인 우세였다.

강현수를 포함한 휘하 지휘관들과 소환수들의 맹공에 마족들은 너무나 일방적으로 학살당했다.

'이게 당연한 거기는 하지.'

강현수를 포함해 신의 칭호를 가진 플레이어가 무려 다섯이나 모였다.

여기에 마계 귀족과 최상위 플레이어를 기반으로 만든 소환수.

신의 칭호를 넘볼 정도로 강력한 최상위 네임드 플레이어까지.

'이 정도 전력을 가지고 밀리면 문제가 있는 거지.'

결정적으로 제대로 된 마계 귀족은 아직 등장하지도 않은 상태였다.

하급 마계 귀족들이 하나둘 모습을 드러내고 있지만.

'그래서야 각개격파 당할 뿐이지.'

마족 놈들은 자기 안전이 최우선인지.

역시 약한 순서대로 차원 게이트를 통과했다.

그 결과.

'쓸 만한 소환수가 많이 생기겠어.'

준남작이나 남작 같은 하급 마계 귀족이 다섯 넘게 죽었고.

'자작급도 둘이 죽었어.'

강현수 입장에서는 휘하 사단장이나 연대장을 갈아 치워야 할 정도의 엄청난 성과였다.

그렇지만.

'아직은 아니지.'

성급하게 결정을 내릴 필요는 없었다.

고작해야 애피타이저만 나왔을 뿐.

메인 디시는 아직 등장하지도 않았으니까.

그때.

파지지지직!

강대한 마기를 지닌 무언가가 차원 게이트를 통과하며 그 모습을 드러냈다.

산양의 뿔처럼 머리 위로 돋아난 두 개의 뿔.

눈처럼 새하얀 피부와 세 개의 눈.

인간과는 확연히 다른 외모를 가진 마족의 등장과 동시에.

쩌저저저적!

주변의 모든 것이 얼음으로 뒤덮여 나갔다.

북부의 혹한에도 멀쩡히 움직이던 소환수들의 몸에 서리가 끼더니 순식간에 몸이 얼음덩어리로 변했고.

번개 같은 속도로 움직이던 휘하 지휘관들의 움직임이 눈에 띄게 느려졌다.

'나왔구나.'

강현수가 눈을 번뜩였다.

혹한의 군주 아리보사.

마계의 후작이자.

빙마족 중 두 번째로 강대한 세력을 이끄는 수장.

그가 직접 아틀란티스 차원에 강림한 것이다.

'그럼 선물을 줘야지.'

우득우득!

이중으로 시전된 야수화가 강현수의 스텟을 최대치로 증폭시켰고.

스킬 증폭을 포함한 강력한 레플리카 스킬이 일제히 뱀피릭 오러의 위력을 강화해 주었으며.

마력 스텟을 포함해 신성 스텟과 마기 스텟이 하나로 융합되어 뱀피릭 오러와 뒤섞였다.

'융합 스킬의 랭크가 조금 아쉽기는 하네.'

그간 쉼 없이 사용해 랭크를 올렸지만.

고작 B랭크에 불과했다.

그러나 레플리카 스킬 덕분에.

'50% 정도는 사용 가능하다고.'

핏빛 오러를 찬란한 은빛 기운이 휘감았고.

'독성 스텟도 최대치로 끌어올린다.'

진한 초록빛 기운까지 합류하자.

핏빛, 은빛, 초록빛이 하나로 뒤엉켰다.

'간다.'

타악!

있는 힘껏 몸을 날린 강현수의 검이.

콰콰콰콰콰!

막 차원 게이트를 통과한 혹한의 군주 아리보사를 향해 휘둘러졌다.

쫘아아아앙!

커다란 폭음과 함께 혹한의 군주 아리보사의 손에 들린 새하얀 창과 강현수의 검이 정면으로 충돌했다.

'막혔네.'

막 차원 게이트를 통과한 상태.

전력을 다해 가장 허약할 수밖에 없는 틈을 노렸는데.

막혀 버렸다.

그러나.

'효과가 없는 건 아니야.'

혹한의 군주 아리보사의 몸이 뒤로 밀려 나 있었고.

마력 스텟, 신성 스텟, 마기 스텟이 뒤엉킨 뱀피릭 오러와의 충돌을 감당하지 못하고 새하얀 눈 같은 갑옷에 크고 작은 손상이 생겼다.

결정적으로.

순백의 피부에 여러 개의 붉은 실선이 그어져 있었다.

스르륵!

치명적인 상처는 아니었다.

그저 티끌만 한 생채기에 불과했고.

당연히 순식간에 완치되었다.

하지만 회귀 전의 기억을 떠올려 보면?

'엄청난 성과지.'

회귀 전에는 혹한의 군주 아리보사의 갑옷을 부수기 위해.

몇 개의 생채기를 만들기 위해.

'수천수만의 플레이어들이 죽어 나갔으니까.'

거기다 강현수의 공격은 이게 끝이 아니었다.

꽈아앙! 꽈아앙! 꽈아앙!

강현수가 맹렬하게 검을 휘두르며 혹한의 군주 아리보사를 밀어붙였다.

그러나.

꽈지지직!

혹한의 군주 아리보사의 몸에서 뿜어져 나오는 냉기가 강현수의 움직임을 제약했고.

날카로운 순백의 창날이 강현수를 향해 날아오자.

꽈아아앙!

강현수의 몸이 뒤로 쭉 밀려 날 수밖에 없었다.

'미친.'

강현수의 얼굴에 어이없다는 표정이 피어났다.

수호의 반지에 내장된 방어 스킬이 하나가 방금 전 단 한 번의 공격을 막아 내는 데 소비되었다.

'방어 스킬이 막아 주지 못했으면 팔 하나는 날아갔겠는데.'

그간 꾸준히 성장했다.

그렇게 키워 온 힘으로 전력을 다했다.

그런데도.

'혹한의 군주를 이기는 건 무리다 이건가.'

과연 마계 후작다웠다.

그렇지만.

'그간 키운 힘이 내 개인적인 무력만 있는 건 아니라서 말이야.'

강현수가 밀려 남과 동시에.

콰콰콰콰콰!

마룡 카라스가 브레스를 날렸고.

도플갱어 킹 탈리만을 시작으로 사단장, 여단장, 연대장의 직책을 맡고 있는 최상위 소환수들이 혹한의 군주 아리보사를 향해 달려들었다.

"저 마족 놈의 목을 따 버리자고!"

또한 빙화신검을 시작으로 휘하 지휘관들 역시 혹한의 군주 아리보사를 향해 맹공을 퍼부었다.

파광! 퍼엉!

냉기로 가득한 공간을 뚫고 오러로 뒤덮인 검과 창이 휘둘러지고.

－우리의 주군을 위해 싸워라!

강현수의 도움으로 마계 백작의 힘을 모두 회복한 아크 리치 킹 리몬쉬츠를 포함한 리치 군단이 그 뒤를 받쳤다.

"크윽! 하찮은 인간과 언데드 따위가!"

혹한의 군주 아리보사가 분노한 얼굴로 저항했다.

꽈아앙!

푸른 냉기가 넘실거리는 순백의 창에 오크 로드 카쉬쿠가 소멸했다.

그러나 걱정할 필요는 없었다.

"군단 구성."

강현수의 한마디에 다시 부활했으니까.

꽈아아앙!

혹한의 냉기를 담고 있는 창이 휘둘러지며 그간 애써 복구시킨 리치 부대가 순식간에 박살 났지만.

'상관없지.'

라이프 포스 베슬은 강현수가 안전하게 보관 중이었다.

거기다 강현수는 안전한 후방에서 구경만 하는 군주가 아니었다.

꽈꽈꽈꽈꽈!

핏빛 뱀피릭 오러를 중심으로 신성 스텟과 마력 스텟이 융합된 은빛과 독성 스텟의 초록빛이 하나로 뒤엉켰다.

타악!

몸을 날린 강현수가 혹한의 군주 아리보사 레이드에 합류했다.

꽈아앙! 꽈아앙!

혹한의 군주 아리보사는 강했다.

홀로 강현수가 이끄는 군단을 상대로 엄청난 위용을 선보였다.

그러나 그게 다였다.

그는 혼자였고.

상대는 군단이었으니까.

사실 혹한의 군주 아리보사의 뒤를 이어 마족들이 계속해서 차원 게이트를 통과했다.

그러나 그들은 혹한의 군주 아리보사가 아니었다.

당연히 집중되는 군단의 맹공에 순식간에 전멸해 버렸다.

원래대로라면 혹한의 군주 아리보사가 그들을 보호해야 했지만.

'도대체 뭐가 어떻게 된 거야? 어떻게 내가 올 줄 알고.'

혹한의 군주 아리보사는 그럴 여유가 없었다.

수하들은 각개격파 당했고.

마계 귀족급 실력을 가진 인간들과 마력과 마기로 이루어진 존재들이 자신을 공격했다.

거기다 마계 백작이었던 너절한 리치 나부랭이까지 자신을 공격하고 있었다.

혹한의 군주 아리보사는 마계 후작이라는 직위에 걸맞은 강자였다.

아니, 마계 공작에 거의 근접한 존재로, 사실상 마계 후작들 중에서도 최강의 반열에 오른 존재였다.

그러나 그런 그도 쉼 없이 밀려드는 인해전술을 감당할 수는 없었다.

가장 절망적인 것은.

사아아악!

마력이나 마기로 이루어진 존재들이 소멸과 동시에 부활해 버린다는 점이었다.

살아 있는 인간들의 숫자를 먼저 줄이려고 했지만.

퍼어어엉!

콰아아앙!

그 인간들을 노리기 무섭게 마력과 마기로 이루어진 존재와 몬스터와 마족의 사체로 만든 골렘들이 앞을 가로막아 번번이 실패했다.

살아 있는 존재가 아니니 공포도 없고 망설임도 없다.

소멸해도 얼마든지 부활해 버리니 괜히 아까운 마기만 낭

비한 꼴이다.

설상가상으로.

'맹독이 몸에 침투했다.'

마족은 인간보다 월등히 강한 상위 생명체이지만.

어쨌든 피와 살로 이루어진 생명체였고.

당연히 독이 통했다.

'도대체 어떤 독이기에.'

웬만한 독은 몸에 침투하는 즉시 강력한 저항력과 자가 회복력으로 순식간에 해독되어 버린다.

그런데 이 독은 달랐다.

쉽게 소멸하지 않고 끈질기게 육체를 갉아먹었다.

마기를 집중시키면 몸 밖으로 몰아내는 게 가능했지만.

이런 치열한 전투 중 그런 게 가능할 리가 없었다.

그나마 강력한 저항력과 자가 회복력으로 어느 정도 독을 해독하면.

서걱!

다시 독이 몸속으로 침투했다.

큰 상처도 필요 없었다.

그저 순식간에 자가 회복되어 사라질 생채기를 통해 독이 침투했다.

맹독이 빠른 속도로 체력을 갉아먹었다.

끊임없이 쏟아지는 인해전술과 맹독.

전투가 계속 이런 식으로 지속된다면?

혹한의 군주 아리보사는 결국 죽을 수밖에 없었다.

그나마 다행이라면?

소멸한 존재들을 부활시키는 이와 자신에게 맹독을 주입하는 이가 누구인지 알아차렸다는 점이다.

'저놈이다.'

혹한의 군주 아리보사가 강현수를 노려봤다.

모든 문제의 근원.

저들의 군주.

이 끊임없이 이어지는 병력의 보충과 맹독 주입을 끊으려면 저 인간을 제거해야 했다.

'기회를 주는구나.'

저들의 군주가 후방에 틀어박혀 있었더라면?

혹한의 군주 아리보사로서도 손을 쓸 방도가 없었다.

그저 끊임없이 쏟아지면 병력의 공세에 모든 마기를 소모하고 죽음을 맞이해야 했을 것이다.

그러나 저 존재는 자신의 강함을 믿고 자신에게 덤벼들고 있었다.

'네놈의 오만이 스스로의 숨통을 조일 거다.'

혹한의 군주 아리보사가 차분하게 마기를 응축시켰다.

극한의 냉기가 하나로 뭉쳐 냉기의 정수를 만들어 냈고.

'지금이다.'

혹한의 군주 아리보사가 전력을 다해 냉기의 정수를 가득 담은 창을 적들의 군주를 향해 찔러 넣었다.

"고맙다."

그때 적들의 군주가 이해할 수 없는 말을 내뱉었고.

그 순간.

꽈아아아앙!

커다란 충격이 혹한의 군주 아리보사의 몸을 강타했다.

"커억!"

뼈가 아릴 것 같은 냉기가 전신을 파고들었고.

쩌저저적!

차가운 냉기가 혹한의 군주 아리보사의 몸을 뒤덮었다.

'당했다.'

혹한의 군주 아리보사의 얼굴이 돌처럼 굳어졌다.

모든 힘을 짜낸 강력한 일격이.

고스란히 자기 자신에게 되돌아왔기 때문이다.

충격도 충격이지만.

냉기로 뒤덮인 몸이 제대로 움직이지 못했다.

그때.

서걱!

적들의 군주가 휘두른 검이 혹한의 군주 아리보사의 오른 팔을 잘라 냈다.

'왜?'

자신의 심장을 꿰뚫을 수도 있었는데 왜 팔을?

그 의문이 채 가시기도 전에.

한 인간의 손에 들린 검이 혹한의 군주 아리보사의 심장을 파고들었고.

'내가 이렇게 허무하게.'

혹한의 군주 아리보사의 숨통이 끊어졌다.

※

'드디어 죽었네.'

강현수가 긴 한숨을 토해 냈다.

"골렘으로 만들어도 괜찮나요?"

광혈마녀가 유카가 눈을 번들거리며 물었고.

강현수는 고개를 끄덕이며 허락했다.

경험치는 다른 몬스터를 사냥해도 얼마든지 얻을 수 있으니.

'경험치를 포기하고 골렘으로 만드는 게 낫지.'

강현수의 허락이 떨어지자.

"골렘 소환!"

광혈마녀 유카의 외침과 함께 혹한의 군주 아리보사를 바탕으로 탄생한 골렘이 만들어졌다.

'저거 골렘 맞아?'

광혈마녀 유카의 손에 의해 탄생한 혹한의 군주 아리보사를 바탕으로 만들어진 골렘은.

'골렘이라기보다는 일종의 인형 같네.'

굳건한 뿔과 세 개의 눈이 그리고 순백의 피부가 그대로 유지되었다.

'뭐, 앞으로 어떻게 변할지는 모르겠지만.'

지금으로서는 골렘처럼 보이지 않는 외형이었다.

그러나 지금 중요한 건 그게 아니었다.

'역시 강하네.'

그간 쌓아 온 힘을 총동원했음에도.

'꽤 까다로웠어.'

하지만.

'생각보다는 손쉽게 끝났어.'

독성 스텟이 자기 역할을 제대로 해냈다.

'신성 스텟과 마기 스텟의 조합도 훌륭했고.'

회귀 전 혹한의 군주 아리보사를 쓰러트리기 위해 족히 수만에 달하는 플레이어들이 목숨을 잃었다.

그중에는 네임드 플레이어와 랭커도 플레이어도 다수 포함되어 있었다.

그런데 이번에는.

'단 한 명도 죽지 않았어.'

아무런 피해 없이 이겼다.

'운이 좋았어.'

그간 쓸모없이 자리만 차지한다고 생각했던 미래 예지가 오래간만에 큰일을 했다.

만약 차원 게이트를 사전에 점령하지 못했다면?

'피해가 훨씬 커졌겠지.'

그래도 이기긴 이겼을 것이다.

강현수가 최전선에서 혹한의 군주 아리보사를 유인한 이유도 그 때문이었다.

소환수가 죽어 나가며 스탯이 계속 소모되었고.

'거의 바닥나기 직전이었으니까.'

다행히 그 전에 혹한의 군주 아리보사가 미끼를 물었고.

그 덕에 손쉽게 쓰러트릴 수 있었다.

'막타도 송하나한테 양보했으니.'

휘하 지휘관들이 먹을 업적도 늘었다.

'군단 구성.'

강현수가 혹한의 군주 아리보사를 소환수로 부활시켰다.

스탯이 살짝 아슬아슬했는데.

[레벨이 상승했습니다.]

[레벨이 상승했습니다.]

[레벨이 상승했습니다.]

……후략……

차원 게이트를 통해 지금 이 순간에도 끊임없이 쏟아져 나오는 마족들 덕분에.

'레벨이 미친 듯이 올라서 다행이네.'

계속 레벨 업을 통해 스텟이 공급되었다.

사아아아악!

마력으로 부활한 혹한의 군주 아리보사가 공손히 강현수 앞에 무릎을 꿇었다.

그와 동시에.

[혹한의 군주를 홀로 쓰러트리는 있을 수 없는 업적을 이루셨습니다.]
[칭호 혹한의 군주 슬레이어 EX랭크가 주어집니다.]

[빙마족의 침공을 홀로 막아 내는 있을 수 없는 업적을 이루셨습니다.]
[칭호 빙마족 학살자 EX랭크가 주어집니다.]

[마계 후작을 홀로 쓰러트리는 믿을 수 없는 업적을 이루셨습니다.]
[칭호 마계 귀족 학살자 F랭크가 주어집니다.]

[빙마족 전사를 다수 쓰러트리는 믿을 수 없는 업적을 이루셨습니다.]
[칭호 마족 학살자 E랭크가 C랭크로 성장합니다.]

[마왕군의 침공을 홀로 저지하는 훌륭한 업적을 이루셨습니다.]

0레벨
플레이어

[칭호 아틀란티스 차원의 수호신 S랭크가 SS랭크로 성장했습니다.]

업적이 쏟아져 내렸다.

'뭐, 이 정도는 줘야지.'

오히려 업적이 조금 짠 편이기도 했다.

특히 마계 귀족 학살자와 마족 학살자의 경우는 말이다.

'사실상 마지막 칭호니까 어쩔 수 없나.'

사냥꾼, 포식자, 살해자, 학살자로 이어지는 칭호 테크트리의 끝 단계이니 이 정도 성과도 나쁜 건 아니었다.

칭호를 강현수 혼자만 얻은 것도 아닐 테고 말이다.

'한번 대대적으로 정비를 해야겠어.'

무려 마계 후작이 소환수가 되었다.

거기다 하급 마계 귀족 7마리가 소환수가 되었다.

'대대적으로 지휘관 계급을 개편해야지.'

그러나 지금 당장은 불가능했다.

남은 스텟을 모두 긁어모아 겨우 혹한의 군주 아리보사를 소환수로 만들었기 때문이다.

지휘관 임명을 하기 위해서는?

'일단 좀 더 레벨 업을 해야지.'

다행히 레벨 업은 크게 걱정할 필요가 없었다.

지금 이 순간에도 차원 게이트에서는 마족으로 이루어진 군대가 끊임없이 쏟아져 나오고 있었으니까 말이다.

침공의 서막

파지지직!

'끝인가.'

끊임없이 마족을 쏟아 내던 차원 게이트가 화려한 스파크와 함께 그 모습을 감췄다.

편하게 꿀을 빨 수 있는 사냥이 끝나 버린 것이다.

그러나 아쉽지는 않았다.

'족히 1년 동안 할 레벨 업을 오늘 다 했네.'

휘하 지휘관들이 경험치를 나눠 먹기는 했지만.

가장 큰 활약을 한 것은 강현수의 소환수였고.

당연히 강현수가 가장 많은 경험치를 얻었다.

그 덕분에 스텟이 충분히 쌓였다.

'일단 개편은.'

마롱 카라스를 여단장으로 강등시키고 마계 후작 아리보 사를 사단장으로 삼았다.

그 외에도 오크 로드와 데스 나이트가 차지하고 있던 여단 장 자리도 마롱 카라스를 포함한 마계 남작들로 채웠다.

소환수들의 직위만 변경했을 뿐.

휘하 지휘관들의 직위는 그대로였다.

'굳이 바꿀 필요는 없지.'

현재 여단장과 연대장의 직책을 받은 휘하 지휘관들은 그 역할을 해내기에 충분했다.

설령 마계 귀족급 소환수에 비해 조금 부족한 면이 있더라 도.

'금방 따라잡을 수 있겠지.'

지금처럼 계속해서 노력해 나간다면 말이다.

'끝인가.'

다행히 초반에 잘 틀어막은 덕분에 대참사를 막아 낼 수 있었다.

이 엄청난 숫자의 마족 대군과 마계 귀족들이 각개격파 당 하지 않았다면?

'엄청난 희생을 치렀겠지.'

그러나 패배하지는 않았을 것이다.

내분을 통해 힘을 소모하지 않은 지금의 인류는.

'회귀 전과 비교하면 월등히 강해졌으니까.'

강현수의 입가에 만족스러운 미소가 피어올랐다.

단 한 가지 의문이 있기는 했다.

"아리보사."

"예, 주군."

"왜 네가 아틀란티스 차원을 침공한 거지?"

혹한의 군주 아리보사는 후작의 작위를 가진 고위 귀족이고.

빙마족의 일파를 이끄는 수장.

단독 아틀란티스 차원 침공이라는 욕심을 부릴 위치에 있는 존재가 아니었다.

물론 인간이든 마족이든 그 욕심이 끝이 없기는 하지만.

'혹한의 군주 아리보사가 그런 성격은 아니었단 말이지.'

그는 공을 탐하기보다는 일족인 빙마족의 피해를 최소화하기를 원하는 인물이었다.

'그래서 오히려 회귀 전에는 더 까다로운 상대였고.'

공을 탐하지 않고 부하의 희생을 줄이기 위해 주력하는 혹한의 군주 아리보사는 쉽게 함정에 걸려들지 않았다.

"마왕의 명령이었습니다."

혹한의 군주 아리보사의 대답에.

'역시 그런가.'

강현수가 고개를 끄덕였다.

마계 대공이나 마계 공작이라고 해도 혹한의 군주 아리보사에게 이렇게 위험한 임무를 강제할 수는 없었다.

"왜 너에게 이 임무를 맡긴 거지? 네 힘으로 아틀란티스 차원을 정복할 수 있다고 믿은 건가?"

"그건 저도 모르겠습니다. 그저 명령을 받았고. 무조건 따라야 했습니다. 하지만 저와 빙마족만으로 아틀란티스 차원을 점령하는 건 무리라고 생각합니다."

확실히 혹한의 군주 아리보사는 욕심만 많은 마룡 카라스나 이판사판으로 달려든 아크 리치 킹 리몬쉬츠와 달랐다.

'혹한의 군주 아리보사를 소모시켜서라도 아군의 전력을 줄이려고 한 건가?'

강현수의 생각으로 그리 좋은 선택은 아니었다.

혹한의 군주 아리보사와 그가 이끄는 빙마족 대군이라면?

'미래 예지에서 봤던 것처럼 북부 지역의 영지를 초토화시킬 수 있었겠지.'

로크토 제국군에도 엄청난 피해를 강요했을 것이다.

그러나.

'그게 다지.'

이기는 건 무리였다.

'마왕의 머릿속에 뭐가 들었는지 모르겠네.'

마룡 카라스의 용종 몬스터 대군은?

'마룡 카라스의 욕심이 원인이었지.'

리몬쉬츠의 언데드 대군이 전격적으로 침공한 것 역시?

'어쩔 수 없는 선택이었어.'

계획적인 침공은 도플갱어 군단, 오크 군단, 빙마족 군단이다.

그러나.

'빙마족은 상위 마족이야.'

하위 마족인 도플갱어나 오크처럼 적 전력 소모를 위한 용도로 활용하기에는?

'상당히 아까운 전력이지.'

그냥 마왕이 휘하 마족들의 희생을 그리 크게 생각하지 않는 것일 수도 있겠지만.

'그렇지는 않았는데.'

회귀 전 마왕군의 침공은 무척 계획적이었고 체계적이었다.

마왕군은 최소한의 피해를 보며 아틀란티스 차원의 인류에게 최대의 피해를 강요했다.

강현수의 활약으로 그간 마왕군이 부려 왔던 수작이 모조리 막힌 상황에서 이런 비효율적인 짓을 한 이유가 뭘까?

강현수가 열심히 머리를 굴리고 있는 와중에.

─주군, 큰일입니다.

로크토 제국의 황제 세실리아에게서 연락이 왔다.

─무슨 일이지?

─족히 20만이 넘는 마왕군이 동부를 침공했습니다. 벌써 라메파질 왕국의 국토 절반이 점령당했습니다.

　─뭐?

　강현수가 화들짝 놀랐다.

　'양동작전?'

　그간의 의문이 풀리는 기분이었다.

　북부와 동부 양쪽에서 펼쳐지는 양동작전.

　이건 피해가 어마어마하게 클 수밖에 없었다.

　'북부는 원래 플레이어들이 사냥을 꺼려서 몬스터 웨이브가 일어날 확률이 높은 지역이야.'

　거기다 동부의 경우는?

　강현수가 최근 독충들을 청소했지만.

　'내가 나서지 않았다면 몬스터 웨이브가 일어나는 지역이었어.'

　마왕군의 목적을 이제야 알아차릴 수 있었다.

　몬스터 웨이브가 일어나기 직전인 북부와 동부.

　강현수가 움직이지 않았다면?

　'대규모 몬스터 웨이브가 일어났겠지.'

　그렇게 일어난 몬스터 웨이브와 함께 마왕군이 들이닥친다면?

　'로크토 제국과 그 제후국이 엄청난 피해를 입었을 거야.'

　어쩌면 마왕군에게 영구적으로 북부와 동부 일대의 영토

를 강탈당했을지도 몰랐다.

그러나.

'북부는 내가 막았어.'

거기다 동부의 경우도 몬스터 웨이브를 일으킬 맹독을 가진 몬스터들을 다 쓸어버렸다.

'이미 커진 피해는 어쩔 수 없지만.'

전력을 다해 마왕군만 때려잡으면?

손쉽게 마왕군의 양동작전을 막아 낼 수 있었다.

-왕국의 절반이 점령당하다니? 방비가 허술했던 건가?

강현수가 의아하다는 듯 물었다.

아무리 기습이었다고는 하지만.

이렇게 쉽게 무너지다니?

-맹독을 사용하는 반인반사 마족과 몬스터들이 등장했다고 합니다. 수준 낮은 플레이어들은 제대로 싸워 보지도 못하고 죽었다는군요.

'반인반사면 라미아네.'

대량 학살에 특화된 마족이었다.

-내가 동부로 가겠다.

-감사합니다. 주군.

-지원군은?

-이미 파병했습니다.

-정예만 보내. 일정 수준 이하의 플레이어들은 오히려 방

해만 될 거야. 사클란트 제국에도 지원을 요청하고.

─예, 그렇게 하겠습니다.

북부를 정리했고.

동부의 몬스터 전력도 약간 힘을 빼놓은 상태지만.

'20만이라고 했어.'

마족의 대군을 상대하기 위해서는 전력을 다하는 편이 좋다.

'굳이 대규모 병력은 필요 없지.'

맹독을 사용하는 라미아와 몬스터들이 상대라면?

일반 병력은 아무런 도움이 되지 않는다.

소수 정예로 네임드 플레이어와 랭커 플레이어 들만 보내는 게 최선이었다.

'제때 도착하면 라메파질 왕국이 무너지기 전에 마왕군의 침공을 막아 낼 수 있어.'

강현수가 휘하 지휘관들에게 상황을 설명한 후.

공간 이동 게이트를 통해 북부에서 동부로 이동했다.

절반쯤 이동했을까?

─주군, 서쪽에서 마왕군이 침공했습니다.

사클란트 제국의 황실에 심어 두었던 도플갱어에게서 연락이 왔다.

'이런 망할.'

강현수의 얼굴이 일그러졌다.

-규모는?

-20만 정도로 추정됩니다.

-현재 상황은?

-사브라 왕국의 1/4이 점령당했습니다.

-마족은 어떤 놈들이지?

-소 같은 뿔을 가지고 있는데. 대부분이 전사로 이루어져 있어 성벽을 끼고 방어 중입니다.

'투마족인가?'

전형적인 전사 부족이었다.

-황제에게 최선을 다해 방어하라고 말해.

-예.

'투마족이라면?'

물량 공세로 어느 정도 방어할 수 있다.

-세실리아.

강현수가 로크토 제국의 황제인 세실리아를 찾았다.

-예, 주군.

-일반 병력을 사클란트 제국으로 지원 보내라.

-알겠습니다.

어차피 맹독을 뿜어내는 라미아와 몬스터들에게는 쓸모없는 전력.

'투마족을 막으라고 보내는 게 이득이지.'

투마족을 상대로는 네임드 플레이어나 랭커 플레이어가

아닌 일반 플레이어도 도움이 된다.

'양동작전이 아니었어.'

삼면 공격이었다.

'아니, 어쩌면.'

사면, 오면 공격일지도 몰랐다.

'괜히 아리보사를 보낸 게 아니었어.'

현재까지 드러난 것만 세 곳에서 동시 침공이 벌어졌다.

거기다.

'거리가 멀다.'

최북단, 최동단, 최서단.

이 세 곳에서 대규모 마왕군 침공이 벌어졌다.

극과 극으로 나누어져 있으니.

'공간 이동 게이트가 있어도 병력 지원이 쉽지가 않아.'

이런 상황이라면?

'남부도 위험할지 몰라.'

그나마 다행이라면?

'북부는 조기에 틀어막았어.'

거기다 동부도 나름 조기 진화를 했다.

'동부를 막고 서부로 간다.'

병력을 쪼갤 수는 없다.

마왕군의 침공 병력의 양과 질은 보통이 아니다.

'사클란트 제국을 믿는 수밖에.'

로크토 제국의 영토에 속하는 동부 지역의 침공을 막을 때까지 최소한의 피해로 버텨 주기를 바랄 뿐이다.

'쉽게 막을 수 있어.'

혹한의 군주 아리보사를 별다른 손실 없이 손쉽게 쓰러트렸다.

그 결과 소환수의 질이 올라갔고.

신성 스텟과 마기 스텟을 손쉽게 올렸다.

레벨도 많이 올라서 강현수를 포함한 휘하 지휘관들의 전력이 상승했다.

결정적으로.

'아리보사를 바탕으로 만든 소환수와 골렘이 있어.'

원래대로는 소환수로 끝이겠지만.

광혈마녀 유카가 합류해서 골렘까지 만들 수 있게 됐다.

'아리보사만 소환수와 골렘으로 만든 건 아니지.'

혹한의 군주 아리보사를 따르던 7마리의 마계 귀족 역시 소환수와 골렘이 되었다.

강현수의 입장에서는?

'전력이 월등히 강해진 거지.'

그리고 앞으로 더 강해질 것이다.

마왕군의 대대적인 침공이 회귀 전보다 월등히 빨랐다.

그렇지만.

'아군의 전력도 월등히 올라갔어.'

또한 강한 마족과 많은 숫자의 마왕군을 쓰러트릴수록.

'나와 아군은 더 강해지고 적들은 약해진다.'

단순히 업적을 얻고 레벨을 올리고 스킬 랭크를 올릴 수준의 성과였다면?

전력이 크게 증가하지는 않는다.

그러나 강현수가 가진 일인군단이라는 직업.

광혈마녀 유카가 가진 절망과 공포의 누더기 골렘술사라는 직업.

이 두 직업 덕분에 아군의 전력을 순식간에 월등히 증가시킬 수 있다.

거기다.

'이번에는 쓸 기회가 없었지만.'

일인사단에서 일인군단으로 승급하며 얻은 새로운 스킬들.

'그게 비장의 한 수가 되어 줄 거야.'

쿨타임이 길어서 웬만한 위기 상황이 아니면 사용할 생각이 없었지만 말이다.

❅

"인간들을 죽여라!"

"우리의 군주님을 위해 싸워라!"

마족의 대군이 물밀듯이 밀려들어 온다.

평범한 마족이 아니었다.

상위 마족이자 맹독을 가진 반인반사.

상체는 인간의 형상이지만 하체는 뱀의 형상을 가진 라미아 일족이었다.

라미아 일족의 대군은 수많은 수하를 거느리고 있었는데.

대부분이 맹독을 품은 몬스터였다.

갑작스럽게 침공을 받은 라메파질 왕국은 멸망 직전이었다.

순식간에 국토의 절반을 잃었고.

로크토 제국의 지원군이 왔음에도 전황은 뒤집어지지 않았다.

그저 남은 절반의 영토라도 지키기 위해 안간힘을 다해 싸웠지만.

"크아아악!"

"해독제! 해독제 좀 줘!"

"어서 후방으로 이송해!"

전장은 일방적으로 흘러갔다.

그 이유는 라미아 일족과 몬스터들의 무력도 무력이지만.

그들이 품고 있는 맹독 때문이기도 했다.

라미아 일족을 베면?

맹독이 섞인 피가 흩뿌려진다.

그건 몬스터들 역시 마찬가지였다.

힐러들이 열심히 힐을 하고 해독을 했지만.

그 숫자가 너무 부족했다.

그렇다 보니 맹독에 중독된 아군 플레이어가 기하급수적으로 늘어났고.

전투에서 아무리 승리해도 전쟁에서는 도저히 이길 수가 없었다.

"빌어먹을 구오피는 아무짝에도 쓸모가 없다고!"

"당장 고급 해독제를 가지고 와!"

강현수의 돈줄이자 독충 군단의 습격 당시 엄청난 활약을 했던 해독제 구오피 역시.

지금 상황에서는 그리 큰 힘을 쓰지 못했다.

구오피는 대량생산이 가능한 대신 해독제로서의 약효는 그리 강한 편이 아니었다.

약한 독은 즉시 해독이 가능하고 강한 독도 장복하면 해독이 가능하지만.

맹독에 중독돼서 당장 죽느니 사느니 하는 이들에게는 아무런 도움이 되지 않았다.

"이 나라가 이렇게 멸망하는 건가."

라메파질 왕국의 국왕 호엘로저의 얼굴이 절망으로 물들었다.

로크토 제국과 주변국들의 빠른 지원 덕분에 시간을 벌 수 있었고.

다행히 수도를 지킬 수 있었다.

대피가 빠르게 이어졌기에 잃은 국토에 비해 희생당한 백성들의 수는 상대적으로 적었다.

그러나 지원군으로도 전황은 뒤집기 힘들 정도로 엉망이 되었다.

수도를 중심으로 항전하고 있지만.

잃은 국토를 회복하는 건 불가능해 보였다.

설사 기적적으로 국토를 회복해도 문제였다.

맹독으로 오염된 국토는.

'사람이 살 수 없다.'

사람만이 아니다.

맹독에 의해 오염된 국토는 동물들과 식물들이 모두 죽어 버렸다.

저 맹독이 사라지려면?

몇 년으로는 어림도 없었다.

라메파질 왕국이 존속하려면 남은 절반의 국토라도 지켜야 하지만.

'끝장인가?'

희망이 없었다.

열심히 항전하고 있지만.

지원군보다 중독으로 후송되는 병력이 더 많았다.

이대로 수도를 빼앗기면?

남은 절반의 국토도 순식간에 마족과 몬스터에 의해 점령당할 것이다.

그럼?

'사라지겠지.'

라메파질 왕국의 멸망이 코앞으로 다가왔다.

수도가 함락될 것을 가정하고 백성들을 대피시키는 중이지만.

'절반이라도 몸을 피할 수 있으면 기적이겠지.'

살아남은 이들에게도 희망이 없었다.

조국을 잃은 라메파질 왕국인들은 부랑자가 될 것이고.

자신은 망국의 군주가 되리라.

"크윽!"

두 눈에서 굵은 눈물이 흘러내렸다.

그때.

슈슈슈슉!

전신에 칠흑빛 갑옷을 걸친 병사들이 전장에 일제히 모습을 드러냈다.

'지원군? 그런데 도대체 어디서?'

갑자기 모습을 드러낸 병사들의 수는 족히 10만은 넘어 보였다.

저 정도 병력이 이렇게 단기간에 증원되는 건 불가능했다.

그런데 갑자기 하늘에서 뚝 떨어지듯 모습을 드러냈다.

그리고 일제히 무기를 뽑아 들고 마족과 몬스터들을 향해 달려들었다.

칠흑빛 갑주를 걸친 병사들은 엄청난 무위를 뽐내며 마족과 몬스터들을 쓸어버렸다.

그러나.

"저 머저리들."

라메파질 왕국의 국왕 호엘로저의 얼굴은 절대 밝지 않았다.

오히려 절망으로 물들었다.

'아무리 실력이 좋아도 병력으로 밀어붙여 이길 수 있는 이들이 아니거늘.'

마족과 몬스터 모두 맹독을 품고 있었다.

아무리 강한 플레이어도 해독제와 힐러 없이는 지속적인 전투가 불가능했다.

라메파질 왕국의 국왕 호엘로저는 맹위를 떨치는 칠흑빛 갑주를 걸친 병사들이 금방 무너질 것이라고 생각했다.

그러나.

"뭐지?"

시간이 꽤 흘렀음에도 칠흑빛 갑주를 걸친 병사들은 무너지지 않았다.

맹독이 잔뜩 담긴 적들의 피를 뒤집어썼음에도 멀쩡했고.

독기가 들끓어 숨을 쉬는 것만으로 중독되는 대지에서 아무렇지도 않다는 듯 검을 휘두르고 창을 찔러 넣었다.

"도대체 어떻게?"

라메파질 왕국의 국왕 호엘로저의 얼굴이 경악으로 물들었다.

칠흑빛 갑주를 걸친 병사들이 수도를 둘러싸고 있던 개미 떼 같은 마족과 몬스터 대군을 밀어붙였다.

"와아아아!"

"살았다!"

죽음 직전에 놓였다 구원받은 병사들이 힘찬 함성을 터트렸다.

'저들의 정체가 뭐지?'

그와 동시에 아쉬움이 밀려들었다.

'조금만 더 빨리 와 줬다면.'

국토의 절반을 잃지 않았으리라.

그랬다면 수많은 백성이 목숨을 건졌을 것이다.

"폐하!"

로크토 제국군 사령관이 다가왔다.

"저들도 로크토 제국의 지원군이요?"

라메파질 왕국의 호엘로저 국왕의 물음에.

"예, 다크 나이트가 지원을 왔다고 합니다."

"다크 나이트?"

라메파질 왕국의 호엘로저 국왕도 다크 나이트에 대해서는 알고 있었다.

'비밀결사 조직 같은 거 아니었나?'

그런데 무슨 놈의 비밀결사 조직의 병력이 10만이 넘는다는 말인가?

하지만 지금 중요한 건 그게 아니었다.

어쨌든 저들 덕분에 살았으니까.

그렇지만.

"조금 더 빨리 지원을 와 줄 수는 없었나?"

아쉬운 건 아쉬운 거였다.

"로크토 제국 북부에서 마계 후작이 20만의 대병을 이끌고 침략해 와서 그걸 막아 내고 오느라 늦었다고 합니다. 또한 현재 사클란트 제국의 제후국인 사브라 왕국에도 마왕군이 20만의 대병을 이끌고 침략해 왔다고 합니다. 마왕군이 삼면에서 대공세를 한 듯합니다."

로크토 제국군 사령관의 말에 라메파질 왕국의 호엘로저 국왕이 안도의 한숨을 내쉬었다.

로크토 제국이 침공당했으니 늦은 건 어쩔 수 없다.

'그나마 우리 왕국으로 먼저 와 줘서 다행이군.'

다크 나이트의 수장 척마혈신은 로크토 제국의 공작이기도 하지만 사클란트 제국의 대공이기도 하다.

만약 다크 나이트의 수장 척마혈신이 로크토 제국의 제후국인 라메파질 왕국이 아니라 사클란트 제국의 제후국인 사브라 왕국으로 향했다면?

라메파질 왕국은 그대로 멸망했으리라.

강현수 입장에서는 먼저 연락을 받은 것도 있고 전략상 이점도 있었기에 라메파질 왕국으로 온 것이었지만.

그게 라메파질 왕국을 살렸다.

✳

'역시 치명적이네.'

라메파질 왕국으로 이동하던 중 서부에서 벌어진 마족의 침공 소식을 들었다.

그럼에도 발걸음을 멈추지 않은 것은.

'이쪽이 더 급하니까.'

로크토 제국과 사클란트 제국.

이 두 제국은 결코 약하지 않다.

회귀 전 결국 멸망하기는 했지만.

'마왕군의 침공을 막는 최후의 보루였지.'

동부를 침공한 마족은 라미아.

'맹독을 사용하지.'

서부를 침공한 마족은 투마족.

'전사로 이루어진 종족이지.'

라미아와 투마족은 동일한 상급 마족이다.

그러나.

'독을 사용하는 게 더 치명적이야.'

사클란트 제국은 강국이다.

그간 준비를 잘 갖춰 놨기에 순식간에 대군을 소집해 지원 군으로 보낼 수 있다.

'네임드 플레이어와 랭커 플레이어가 먼저 가서 방어를 지원하고 있을 거고.'

그래서 갑작스러운 기습임에도 영토의 1/4을 빼앗긴 상태에서 어느 정도 선전이 가능했다.

그러나 맹독을 사용하는 라미아는?

'플레이어에게 훨씬 더 위험해.'

수준이 낮은 플레이어는 제대로 싸워 보지도 못하고 목숨을 잃을 수밖에 없다.

바람을 타고 흘러드는 독기는 성벽을 넘어 플레이어들의 몸속으로 스며든다.

'이쪽이 더 급하지.'

그러나 여유는 없다.

사클란트 제국이 전력으로 나선 만큼 강현수가 지원을 가지 않아도 제국이 멸망한다거나 하지는 않겠지만.

'피해가 엄청나게 커지겠지.'

어쩌면 제후국인 사브라 왕국 영토를 영구적으로 빼앗길

지도 모른다.

그건 강현수가 원하는 바가 아니었다.

최소한의 피해로 최대한의 효과를 내야 했다.

강현수가 서부 침공 소식을 듣고도 방향을 바꾸지 않은 이유다.

'독기로 오염된 대지라.'

일반적인 플레이어에게는 치명적인 곳이다.

그러나 강현수에게는?

[독성 스탯이 상승하였습니다.]

[독성 스탯이 상승하였습니다.]

[독성 스탯이 상승하였습니다.]

……후략……

'팍팍 오르네.'

독성 스탯을 올리기에 최적의 장소였다.

대지와 대기에 스며든 독기가 강현수에게 빨려 들어갔고.

짧으면 몇 년 길면 몇십 년 동안 독기에 오염되었을 대지와 대기가 정화되어 갔다.

'유카도 잘하고 있는 것 같고.'

독기에 아무런 피해를 입지 않는 건 강현수의 소환수들만이 아니었다.

광혈마녀 유카의 골렘들도 독기 따위에는 아무런 피해도 입지 않았다.

거기다.

"모조리 쓸어버려!"

"와아아아아!"

강현수의 휘하 지휘관들을 포함해 로크토 제국 전역에서 끌어모은 네임드 플레이어와 랭커 플레이어 같은 최상위 플레이어들은.

적당한 해독제만으로도 충분히 라미아와 몬스터들을 상대할 수 있었다.

원래대로라면?

20만에 가까운 적들 사이로 고작 수천의 병력이 달려드는 건 아무리 실력에 자신이 있어도 자살행위에 가깝다.

그러나 강현수의 소환수들이 든든하게 뒤를 받쳐 주는 지금은 사정이 달랐다.

"캬아아악! 이놈들은 뭐야!"

"독이 통하지 않는다!"

라미아들은 적잖이 당황했다.

자신들의 가장 큰 무기가 통하지 않으니 당연한 일이었다.

'이게 여기를 먼저 온 이유지.'

맹독을 주 무기로 사용하는 라미아와 몬스터들의 경우.

'독을 빼면 동급의 마족이나 몬스터보다 약하지.'

이건 당연한 일이었다.

코브라가 무서운 이유는 맹독을 품고 있기 때문이다.

맹독을 가진 코브라는?

사자나 호랑이같이 월등히 강한 맹수도 이길 수 있지만.

맹독이 없다면?

고양이나 개에게도 물려 죽을 수 있는 약한 존재다.

독이 통하지 않는 소환수와 골렘.

강한 체력과 저항력을 바탕으로 약간의 해독제로 독을 중화시킬 수 있는 최상위 플레이어.

이 조합이면.

콰아아앙!

"크아아악!"

라미아와 몬스터 대군을 손쉽게 쓸어버릴 수 있었다.

그간 무적처럼 보였던 라미아와 몬스터 대군이 일방적으로 쓸려 나갔다.

혹한의 군주 아리보사가 이끄는 빙마족을 격파한 후 강현수가 거느린 소환수들의 전체적인 질이 크게 상승했다.

이대로만 간다면?

손쉽게 라미아와 몬스터 대군을 격파할 수 있을 듯했다.

그러나.

"미천한 인간들 따위가!"

콰콰콰콰콰!

꽈아아앙!

어디에나 변수는 있는 법.

'라미아 로드.'

맹독이 무용지물인 소환수들의 육체를 순수한 독기로 녹여 버릴 정도의 맹독을 가진 존재.

최상위 플레이어들이 해독할 틈도 없이 육체를 녹이고 강력한 힘과 속도로 압살하는 괴물.

'일반 소환수들을 투입해 봐야 녹아내릴 뿐이지.'

저 녀석을 상대하기 위해서는 정예 중에 정예만 투입시켜야 했다.

-유카.

강현수의 부름에.

-네, 투입시킬게요.

유카가 혹한의 군주 아리보사를 바탕으로 만든 최강의 누더기 골렘을 투입시켰다.

강현수 역시 일반 소환수들을 뒤로 물리고 사단장과 여단장의 직위를 가진 소환수들을 투입시켰다.

타악!

그와 동시에 강현수 역시 라미아 로드를 향해 달려들었다.

치이이익!

거리가 좁혀질수록 맹독이 강현수의 몸을 파고들었다.

옷가지가 녹아내렸지만.

강현수의 피부는 멀쩡했다.

오히려.

[독성 스텟이 상승하였습니다.]

[독성 스텟이 상승하였습니다.]

[독성 스텟이 상승하였습니다.]

……후략……

독성 스텟만 미친 듯이 상승했다.

'넌 뭘 줄래.'

혹한의 군주 아리보사는 몇 개의 아이템을 남겼다.

눈처럼 새하얀 갑옷과 창.

그리고 냉기의 정수라는 아이템.

눈처럼 새하얀 갑옷과 창은 혹한의 군주 아리보사를 베이스로 만든 소환수에게 주었고.

냉기의 정수는 강현수가 유카에게 누더기 골렘의 재료로 양보했다.

소환수에게 주는 것보다 골렘의 재료로 사용하는 게 더 효율이 좋았기 때문이다.

휘익!

강현수가 핏빛 오러를 중심으로 은빛과 초록빛에 휩싸인 검을 휘둘렀다.

파강!

라미아 로드의 창과 강현수의 검이 정면으로 충돌했다.

서걱!

충돌과 함께 터져 나간 오러의 파편이 라미아 로드의 몸을 순식간에 피투성이로 만들었다.

피와 함께 뿜어져 나온 맹독이 강현수를 노렸지만.

'그건 독성 스텟을 올려 주는 보약일 뿐이지.'

라미아 로드가 가진 맹독은 상당히 강력했지만.

강현수의 독성 스텟 역시 1,000을 돌파한 상황이었고.

거기다 독룡의 정수를 흡수하며 독에 대한 저항력이 500% 나 향상된 상태였기에.

강현수에게 아무런 피해를 주지 못했다.

'아리보사보다 약하다.'

라미아 로드 역시 후작급 마계 귀족의 강함을 지니고 있었 지만.

마계 후작 중에서도 최강인 혹한의 군주 아리보사보다는 약했다.

그 약함을 맹독으로 극복했는데.

맹독조차 통하지 않는 강현수가 나서자 자연스럽게 그 무 력이 하락할 수밖에 없었다.

'고작해야 마계 백작급일 뿐이야.'

맹독이 무용지물이 된 라미아 로드의 전력은 강현수와 소환수들의 맹공을 감당할 수 있는 수준이 아니었다.

강현수의 검이 휘둘러질 때마다 라미아 로드의 몸이 만신 창이로 변했다.

여기에 혹한의 군주 아리보사를 베이스로 만든 소환수가 이끄는 사단장, 여단장 소환수들이 맹공을 펼치자 라미아 로드의 비늘이 꿰뚫리고 꼬리가 잘려 나갔다.

"쿠오오오!"

여기에 혹한의 군주 아리보사의 사체를 바탕으로 만든 누더기 골렘까지.

'확실히 사기적이야.'

마계 후작 하나를 잡았는데.

그걸 베이스로 하나의 소환수와 하나의 골렘을 만들다니.

'라미아 로드를 잡으면?'

당연히 그걸 베이스로 한 소환수와 골렘이 탄생할 것이고.

강현수에게 큰 힘이 되어 줄 것이다.

'얼른 잡자.'

최대한 빨리 처리하고 투마족이 날뛰는 사클란트 제국의 제후국 사브라 왕국으로 지원을 가야 했다.

"으아아아!"

라미아 로드의 저항은 만만치 않았다.

독기는 모든 것을 녹여 버렸고.

삼지창 속에 담겨 있는 파괴력은 웬만한 랭커 플레이어의 숨통을 일격에 끊을 정도로 강력했다.

꽈아앙!

라미아 로드의 맹공에 혹한의 군주 아리보사를 베이스로 만든 소환수와 골렘이 뒤로 쭉 밀려 났다.

'어느 정도 보강을 해 줬는데도 부족하네.'

소환수와 골렘 모두 본체였던 혹한의 군주 아리보사보다는 월등히 약하다.

그러나 지휘관 임명과 지휘관의 축복으로 늘어난 스텟.

강현수가 자신의 마기 스텟을 늘리는 걸 포기하고 쏟아부은 마기로 인해 어느 정도 본체의 무력을 따라잡았다.

광혈마녀 유카가 만든 골렘 역시 골렘 합성과 냉기의 정수로 인해 빠르게 본체의 무력을 따라잡고 있는 상황.

지금은 본체보다 약하지만.

시간만 지난다면?

'도플갱어 킹 탈리만처럼 본체의 무력을 능가할 수 있겠지.'

마기의 구슬을 통해 마기를 계속 주입해 주면 얼마든지 가능했다.

거기다 나름 선전하기는 했지만.

현재 강현수 일행의 전력은 라미아 로드가 감당할 수 있는 수준이 아니었다.

"도대체 어떻게 혹한의 군주를!"

라미아 로드는 현재 자신이 처한 상황을 도저히 믿을 수가 없었다.

승승장구하더니 갑자기 독이 통하지 않는 마력과 마기로 이루어진 놈들이 나타났다.

자신이 직접 나서면 손쉽게 정리할 수 있을 거라고 생각했데.

적들의 전력이 자신의 예상보다 강했다.

결정적으로 혹한의 군주 아리보사를 꼭 빼닮은 마기로 이루어진 존재와 골렘.

이건 혹한의 군주가 적들에게 죽었고.

죽은 혹한의 군주를 적들이 부활시켜 수족으로 부리고 있다는 뜻이었다.

"그건 알 거 없고."

강현수가 미소를 지으며 검을 휘둘렀다.

라미아 로드가 이끄는 라미아와 몬스터 대군.

이놈들 덕분에 경험치, 신성 스텟, 마기 스텟에 이어 독성 스텟까지 엄청나게 늘릴 수 있었다.

"정말 고맙다."

휘익!

강현수가 휘두른 탐식의 검이.

서걱!

삼지창을 들고 있던 라미아 로드의 오른팔을 잘라 냈다.

"죽은 후에 부활시켜서 너도 알뜰하게 써먹어 줄게."

강현수의 말에 라미아 로드는 심장이 얼어붙은 것 같은 충격을 느꼈다.

고귀한 마계 후작인 자신이.

죽은 후 인간의 노예가 되다니?

"내가 그런 꼴을 당할 것 같으냐!"

라미아 로드의 몸에서 독기와 뒤섞인 마기가 급격히 부풀어 올랐다.

금방이라도 터질 것 같은 순간.

서걱!

유카가 조종하는 누더기 골렘이 라미아 로드의 목을 베어 냈다.

혹한의 군주 아리보사를 베이스로 수많은 빙마족의 시신을 덧붙여 만든 누더기 골렘.

두 개의 뿔과 세 개의 눈이 달린 머리를 제외하면 나머지 육체는 누더기처럼 다른 마족의 사체를 끼워서 만들어진 기괴한 형상을 하고 있었지만.

전투력 자체는 훌륭했다.

"만들게요."

광혈마녀 유카의 말에 강현수가 고개를 끄덕였다.

"골렘 소환!"

광혈마녀 유카가 라미아 로드의 육체를 기반으로 골렘을
만들었고.
　강현수 역시 군단 구성 스킬을 통해 라미아 로드를 기반으
로 소환수를 만들었다.

[라미아 로드를 홀로 쓰러트리는 있을 수 없는 업적을 이루셨습니다.]
[칭호 라미아 로드 슬레이어 EX랭크가 주어집니다.]

[라미아의 침공을 홀로 막아 내는 있을 수 없는 업적을 이루셨습니
다.]
[칭호 라미아 학살자 EX랭크가 주어집니다.]

[마계 후작을 홀로 쓰러트리는 믿을 수 없는 업적을 이루셨습니다.]
[칭호 마계 귀족 학살자 F랭크가 E랭크로 성장합니다.]

[라미아족 전사를 다수 쓰러트리는 믿을 수 없는 업적을 이루셨습니
다.]
[칭호 마족 학살자 C랭크가 B랭크로 성장합니다.]

　당연히 업적이 쏟아져 내렸다.
　'아틀란티스 차원의 수호신은 성장하지 않았네.'
　아쉽기는 했지만 상관없었다.

강현수에게는 아직 투마족이 남아 있었으니까.

'막타를 친 유카가 업적을 하나 얻었을 거고.'

다른 휘하 지휘관들도 쓸 만한 업적을 얻었으리라.

'여기 뒷정리도 아직 끝나지 않았고.'

강현수가 그렇게 생각하고 있을 때.

툭!

라미아 로드가 들고 있던 삼지창과 함께 동그란 무언가가
바닥을 나뒹굴었다.

'역시 뭔가 주네.'

혹한의 군주 아리보사를 골렘으로 만들 때 사체에서 떨어
져 나왔던 냉기의 정수와 비슷한 것으로 보였다.

[독사의 근원 – EX랭크]
–라미아 일족의 로드 가진 맹독의 근원입니다.

'비슷하네.'

이걸 유카에게 주면?

'라미아 로드를 베이스로 만든 골렘이 맹독을 품게 되겠지.'

거기다 다른 효용도 있어 보였다.

'계속해서 독기가 뿜어져 나온다.'

그럼에도 독사의 근원이 품고 있는 독기는 줄어들지 않았다.

[독성 스텟이 상승하였습니다.]

[독성 스텟이 상승하였습니다.]

[독성 스텟이 상승하였습니다.]

……후략……

'독성 스텟이 계속 오른다.'

그럼에도 독기는 줄어들지 않는다.

이 독사의 근원을 이용해 라미아 로드의 골렘을 만들고 곁에 두면?

'계속해서 독성 스텟을 올릴 수 있겠어.'

물론 한계는 있을 게 확실했지만.

'그 정도면 충분하지.'

그 한계가 꽤 높을 것처럼 보이니까 말이다.

'얼른 정리해야겠어.'

수장을 잃은 라미아 일족과 몬스터들이 동요하고 있었다.

최대한 빨리 정리하고.

사클란트 제국의 제후국 사브라 왕국으로 향해야 했다.

※

"막아라! 어떻게든 버텨!"

머리에 소뿔을 단 마족들이 무식하게 성벽을 기어오른다.

플레이어들이 성벽 위에서 창과 검을 휘두르지만 아랑곳하지 않는다.

퍼억!

겨우겨우 성벽 아래로 떨어트리면?

멀쩡하게 다시 일어나 성벽을 기어오른다.

꽈아앙!

소뿔로 성문을 들이받고 성벽도 들이받는다.

박치기만 하는 게 아니라 주먹질도 한다.

이 무식한 마족 놈들은 끊임없이 성벽을 기어오르고.

방어 스킬이 겹겹이 달린 성벽과 성문을 부숴 버릴 기세로 공격을 퍼부었다.

일반적인 상황이라면?

무식한 마족 놈들이라며 비웃음을 날릴 것이다.

그러나.

우지직!

방어 스킬을 꿰뚫는 충격을 받은 성문이 금방이라도 박살 날 듯 비명을 토해 냈고.

쩌저적!

성벽에 작은 실금이 퍼져 나갔다.

"저 무식한 놈들."

사클란트 제국에서 파견 나온 지원 병력의 총지휘관은 기가 질린다는 듯 전방을 주시했다.

수많은 마족이 우직하게 힘으로 성벽을 향해 돌진한다.

아군이 일방적으로 유리한 전장이다.

일반적인 상황이라면 성벽 아래 있는 마족들이 무더기로 죽어 나가야 했다.

그러나.

"뭐가 이렇게 단단한 거야!"

공격 스킬을 날려도 몸으로 받아 내고 전진한다.

검과 창을 휘둘러도 힘으로 뭉개 버린다.

무식한 놈들이라고 욕을 했지만.

그 무식한 놈들의 손에 수많은 성과 마을이 파괴되었다.

지금 버티고 있는 이 성벽도 얼마 버티지 못할 것이다.

지원군으로 온 플레이어들이 성벽을 방어 스킬로 도배하고 공격 스킬을 쏟아 내고 있지만.

적들은 아랑곳하지 않고 달려들었다.

'숫자를 줄여야 승산이 있는데.'

저 빌어먹게 단단한 놈들은 쉽게 죽지도 않았다.

네임드 플레이어나 랭커 플레이어 들이 나서면 가능하겠지만.

'저놈 때문에.'

5미터에 가까운 키를 가진 거인.

투마족들의 족장.

네임드 플레이어들과 랭커 플레이어들이 저놈 하나를 막

기 위해 손발이 묶였다.

그나마 신의 칭호를 가진 플레이어들이 나서서 겨우 손발을 묶어 놓을 수 있었지.

그게 아니었다면?

'벌써 저놈이 성문을 박살 냈겠지.'

이대로 시간이 흐르면 결국 패배한다.

'로크토 제국에서 지원군이 와 줘야 하는데.'

일반 플레이어들의 지원은 왔지만.

네임드 플레이어와 랭커 플레이어 들이 아직이었다.

'최대한 빨리 와 줘야 해.'

투마족의 족장을 막기 위해 나선 네임드 플레이어들과 랭커 플레이어들의 숫자가 조금씩 줄어들고 있다.

겨우겨우 막아 내고 있지만.

'이대로 시간이 지나면 끝장이다.'

네임드 플레이어와 랭커 플레이어 들이 패배하면 저 괴물이 성벽을 향해 돌진할 것이고.

그럼 끝장이었다.

'북부와 동부에서도 마왕군의 침공이 있었다고 했지.'

다행히 북부는 빠르게 정리했고 동부만 틀어막으면 된다고 했다.

'제발 제발.'

이곳이 밀리면?

사브라 왕국의 국토 절반을 내줘야 한다.

아니, 어쩌면 절반이 아니라 전부를 내줘야 할지도 몰랐다.

현재 이곳에 사클란트 제국과 사브란 제국의 정예가 총동원되었다.

'여기가 뚫리면 사브라 왕국만이 아니라 사클란트 제국도 위험해.'

주력이 모두 몰려 있는 곳이다.

성벽이 무너지고 방어진이 뚫리면 속수무책으로 무너질 거다.

2차 방벽이 준비되어 있지 않은 건 아니지만.

'오히려 이곳보다 약하다.'

로크토 제국의 지원 덕분에 플레이어는 넘치도록 많았지만.

투마족의 족장과 정예 전사들을 막을 실력자가 너무나도 부족했다.

타악!

그때 칠흑빛 갑옷을 입은 한 사내가 투마족과 몬스터들로 뒤덮인 성벽 아래를 향해 뛰어내렸다.

"어?"

너무 이질적인 광경에 순간적으로 넋이 나갔다.

'미친놈.'

마족과 몬스터가 가득한 성벽 아래는 지옥이나 마찬가지다.

한데 그곳으로 뛰어내리다니.

'죽겠군.'

총지휘관은 신경을 끊었다.

스스로 죽음을 선택한 어리석은 자에게 신경 쓸 여유 따위
는 없었다.

그런데.

쿠우웅!

커다란 폭음과 함께.

"크아아악!"

"커어어억!"

처절한 비명이 들려왔다.

비명의 근원은 성벽에서 뛰어내린 미친놈이 착지한 곳이
었다.

콰직! 서걱!

강철로 만들어진 육체를 가진 것처럼 보이던 투마족들이
순식간에 쓸려 나갔다.

그와 동시에.

사아아악!

칠흑빛 갑주를 입은 이를 중심으로 퍼져 나간 초록빛 연기
가 전장을 뒤덮었고.

"아아아악!"

"독이다!"

"저놈을 죽여!"

가까이 있던 투마족과 몬스터의 몸이 녹아내렸다.

멀리 있던 투마족들과 몬스터들도 몸을 비틀거렸다.

두두두두!

투마족들과 몬스터들이 성벽 아래 홀로 있는 칠흑빛 갑주를 입은 이에게 달려들었지만.

강력한 독기 때문에 제대로 다가가기도 전에 죽어 나갔다.

'도대체 저자는 뭐지?'

저 강력한 독을 사용하는 플레이어가 누구란 말인가?

'독황?'

아니다.

그는 독을 사용하는 플레이어들 중 최고의 자리에 오른 이이기는 했지만.

'저런 위용을 보여 줄 수준은 아니야.'

결정적으로 독황 역시 입을 쩍 벌린 상태로 성벽 아래의 광경을 지켜보고 있었다.

그때였다.

쿵! 쿵! 쿵!

성을 향해 맹공을 퍼붓던 투마족들과 몬스터들의 뒤로 10만이 넘는 대군이 모습을 드러냈다.

'어떻게?'

투마족들과 몬스터들에게 점령당한 대지다.

기습을 위해 병력을 돌릴 여력 따위는 없었다.

0레벨
플레이어

콰악! 서걱!

투마족들과 몬스터들의 후방에서 나타난 10만의 병력이 무서운 기세로 진격을 시작했다.

그에 발맞춰 맹독을 사용하는 칠흑빛 갑주를 입은 플레이어도 발걸음을 옮겼다.

10만의 병력과 1명의 플레이어.

그들이 앞으로 전진할수록.

방금 전까지 무적처럼 보였던 투마족들과 몬스터들이 샌드위치처럼 뭉개졌다.

'뭐가 어떻게 된 거야?'

머릿속이 복잡했다.

그러나 답은 하나였다.

그건 바로 더 이상 성의 함락을 걱정하지 않아도 된다는 점이었다.

✳

'대량 학살에는 역시 독이 최고지.'

투마족.

회귀 전 상대해 본 적이 있는 자들로.

'전형적인 무투파 마족이지.'

강철보다 단단한 육체를 바탕으로 펼치는 맹공은.

'기갑부대의 돌파력을 능가하지.'

정면으로 깨부수면?

'이길 수야 있겠지만 피해가 커.'

거기다 스킬 저항력도 높아서 원거리 딜러들의 공격에도 잘 견뎠다.

그렇다고 공격력이 약한 것도 아니었다.

잘 단련된 육체에서 나오는 괴력은 맨손으로 강철을 찢어 발길 정도로 강력했다.

그러나.

'독에는 약하지.'

뭐, 약하다는 것도 상대적이기는 하지만 말이다.

투마족은 웬만한 독은 맨몸으로 씹어먹을 정도로 터프하다.

그러나.

동부의 몬스터를 쓸어버리고.

차원 게이트를 통과해 쏟아져 나온 라미아들과 몬스터들의 맹독을 흡수한 강현수만큼은 아니었다.

'2,000이 넘었어.'

독성 스텟은 본래 강현수가 지니고 있던 특수 스텟 중에서도 가장 빈약한 스텟이었다.

하루도 쉬지 않고 삼시 세끼 독초로 배를 채웠고.

간식으로도 독초를 먹었지만.

'잘 오르지 않았지.'

그랬던 독성 스탯이 단 한 번의 전투로 엄청나게 쑥쑥 올랐다.

그 결과가 바로 이것이었다.

강인한 육체를 지닌 투마족이.

일일이 검을 휘둘러 잡으면 언제 다 쓰러트릴 수 있을지 모를 정도로 많은 숫자의 단단한 돌덩이 같던 투마족들이.

'물렁물렁해졌지.'

약한 이들은 녹아내렸고.

강한 이들도 몸을 침투한 맹독에 제대로 된 전투력을 발휘하지 못했다.

'아마 라미아 로드의 독보다 내가 지금 뿜어내는 독이 더 강할 거야.'

단 한 가지 단점이 있다면.

'독은 적아를 안 가린다는 거지.'

휘하 플레이어들이 합류했다가는?

괜히 독에 중독될 우려가 있었다.

그래서 후방으로 돌렸다.

모두 돌린 건 아니었다.

'잘해 주고 있네.'

강현수가 정면에서, 휘하 소환수들이 후방에서 밀어붙이는 상황.

좌측은 광혈마녀 유카가 혹한의 군주와 라미아 로드를 베이스로 만든 골렘을 중심으로 밀어붙였고.

우측은 송하나와 투황을 비롯한 휘하 플레이어와 소환수들이 밀어붙었다.

적절한 병력 분배 덕분에.

방금 전까지 무적처럼 보였던 투마족들과 몬스터들이 속수무책으로 죽어 나갔다.

'내가 괜히 동부를 먼저 들른 게 아니지.'

더 강력한 살상력을 지닌 라미아 일족을 먼저 제거해야 해서이기도 했지만.

라미아 일족을 쓰러트리고 난 뒤 올라갈 독성 스텟을 사용하면?

'투마족을 더 쉽게 쓸어버릴 수 있으니까.'

강현수 입장에서는 당연한 선택이었다.

한 가지 걱정은 강현수가 오기 전 아군의 피해가 기하급수적으로 늘어나는 것이었는데.

'성벽을 방패로 잘 틀어막았어.'

그러나 희생이 없을 수는 없었다.

네임드 플레이어와 랭커 플레이어를 비롯해 적잖은 수의 플레이어들이 희생되었다.

그 원흉이 저기 있었고.

'나를 봤으니 저놈이 가만히 있을 리가 없지.'

강현수가 네임드 플레이어들과 랭커 플레이어들이 겨우

발을 붙잡고 있는 존재를 주시했다.

투마족의 족장과 그 친위대라고 할 수 있는 정예들.

'강해.'

전신에서 뿜어져 나오는 강대한 마기.

돌덩이처럼 단단한 전신의 근육.

그러나.

'혹한의 군주만큼은 아니다.'

강현수는 더 강해졌고.

혹한의 군주와 라미아 로드를 바탕으로 만든 소환수까지 거느리고 있었다.

"우오오오!"

투마족의 족장이 자신을 둘러싸고 있는 네임드 플레이어들과 랭커 플레이어들을 뿌리치고 강현수에게 달려들었다.

'당연한 선택이지.'

맹독을 뿌리며 투마족을 학살하고 있는 강현수는?

투마족의 족장이 아니면 감당할 수 없는 강자였다.

거기다 후방은 물론 좌우에서도 강자들의 기운이 느껴진다.

투마족 족장의 선택은?

'나를 우선 제거하고 순회공연을 하는 거지.'

다른 이들과 달리 강현수는 혼자였고.

맹독을 무기로 다루니 제거도 비교적 손쉬워 보였을 것이다.

두두두두!

투마족의 족장은 네임드 플레이어들과 랭커 플레이어들의 발을 묶기 위해 친위대와 다른 투마족 전사들의 희생을 감수했다.

치이이익!

지독한 독기가 투마족 족장의 몸을 뒤덮었지만.

아무런 피해도 주지 못했다.

'직접 상처를 내지 않으면 무리겠지.'

혹한의 군주보다는 못하지만.

투마족의 족장은 그에 못지않은 강자다.

'한번 해볼까.'

우득우득!

이중으로 사용한 야수화가 스텟을 최대치로 끌어올린다.

강현수가 탐식의 검을 움켜쥐자 뱀파릭 오러가 피어올랐고.

그와 동시에 신성 스텟과 마기 스텟을 끌어 올리고 융합 스킬로 하나로 뭉쳤다.

휘이익!

투마족 족장이 날린 주먹이 강현수를 향해 날아왔고.

강현수는 탐식의 검을 휘둘렀다.

꽈아아아앙!

커다란 폭음이 터져 나왔다.

강현수는 전력을 다해 투마족의 족장과 싸웠다.

탐식의 검, 수호의 반지, 얼음왕의 목걸이, 스킬 증폭 등등.

사용할 수 있는 아이템과 스킬을 총동원했다.

콰직!

투마족 족장의 주먹을 왼팔로 막아 냈다.

뼈에 금이 간 것 같은 충격이 느껴졌지만.

탐식의 검이 가진 회복력.

불멸의 성화가 가진 치유력.

불사의 서로 올라간 자가 회복력 등이 합쳐져.

순식간에 완치되었다.

'내 역할은 저놈을 쓰러트리는 거다.'

좀 더 정확히 말하면 막아 내는 거다.

그사이 소환수와 휘하 지휘관 들이 투마족들과 몬스터들을 정리할 것이다.

사실 더 쉽게 투마족 족장을 쓰러트릴 방법이 있기는 했다.

'소환수를 부르면 그만이지.'

많이도 필요 없다.

사단장급 소환수들만 불러도 투마족의 족장을 순식간에 쓰러트릴 수 있으리라.

그러나 그러지 않았다.

오히려 강현수 자신이 미끼가 되어 투마족 족장을 상대하고 포위망을 구성해 남은 소환수들로 20만이 넘는 투마족과 몬스터들을 섬멸시키는 작전을 짰다.

'북부와 동부에서는 할 수 없었지.'

한시가 급했다.

북부의 경우 차원 게이트에서 얼마나 강하고 많은 적이 쏟아져 나올지 알 수 없었고.

동부는 최대한 빨리 손을 쓰지 않으면 서부의 피해가 커질 위기였다.

그러나 지금은 달랐다.

차원 게이트도 닫혔고.

적들의 병력 규모도 확인했다.

사단장급 소환수들을 동원해 재빨리 투마족의 족장을 제거하는 것도 좋지만.

'내가 일대일로 투마족 족장을 상대하는 사이 휘하 소환수와 지휘관 들이 투마족과 몬스터들을 쓸어버리는 게.'

오히려 더 빨리 적들을 제거할 수 있는 방법이었다.

'뭐, 진짜 속마음은 테스트지만.'

신마검과의 대련을 통해 일차 테스트를 끝냈다.

그러나 제대로 된 실전을 통해 자신의 현재 실력을 확인해 보고 싶었다.

휘하 소환수와 휘하 지휘관의 도움 없이 발휘할 수 있는 자신의 무력을 말이다.

꽈아앙!

강현수가 전력을 다해 싸웠고.

투마족의 족장도 최선을 다했다.

자신의 목숨만 걸린 게 아니라 투마족 전사들의 목숨까지 걸려 있으니 최선을 다하는 게 당연했다.

핏빛 오러를 중심으로 뭉친 은빛과 초록빛 기운에 휩싸인 검.

뱀피릭 오러가 마기를 흡수하고 분해한다.

신성과 마기라는 상극의 기운이 합쳐진 은빛 기운이 강력한 폭발력을 뿜어내고.

초록빛 독기가 상처로 스며든다.

야성의 감각이 날카롭게 날을 세웠고.

체력 스텟이 줄어들자 야성의 분노가 스텟을 추가로 증가시켰다.

퍼엉!

수호의 반지에 내장된 방어 스킬이 박살 나며 강현수의 몸을 보호했고.

강한 충격이 투마족 족장의 몸을 강타했다.

좌악! 서걱!

치열한 전투가 이어졌고.

그리 오랜 시간이 지나지 않았음에도.

승패가 갈렸다.

좌아악!

"크악!"

투마족 족장의 오른팔이 날아갔다.

그러자 승기는 더 일방적으로 흘러갔다.

"우워어어억!"

투마족의 족장이 사력을 다했지만.

그저 마지막 발악일 뿐.

승기를 뒤바꿀 수준은 아니었다.

'강하네.'

강현수의 입가에 만족스러운 미소가 피어올랐다.

그간 안정적으로 성장하는 것에 주력했다.

그래서 소환수들의 힘을 최대한 활용했다.

그러면서도 내심 불안감이 있기도 했다.

과연 지금의 나는 얼마나 강해졌는가?

소환수의 도움 없이 어디까지 할 수 있는가?

이번 전투로 그 결론이 나왔다.

그간 쌓아 온 전력을 다하면.

'일대일로도 마계 후작을 쓰러트릴 수 있다.'

강현수의 강함은.

스스로의 예측보다 더 강했다.

'일인군단으로 승급하며 얻은 스킬과 1초 예지 스킬까지 쓸 생각이었는데.'

굳이 그러지 않았음에도 이겼다.

'슬슬 마무리를 해야지.'

단 직접 마무리 지을 생각은 없었다.

슈욱!

강현수가 투황을 소환했다.

"지금 날 뒤처리나 하라고 부른 거야?"

투황이 인상을 쓰며 물었다.

"팔 하나가 날아갔지만, 아직 안 죽었어."

강현수의 말이 끝나기 무섭게.

콰콰콰콰!

투마족의 족장이 마기가 가득 담긴 주먹을 휘둘렀다.

"이길 수 있지? 힘들 것 같으면 선수 교체해 주고."

강현수의 물음에.

"무슨 헛소리를."

투황이 이를 빠드득 갈며 두 주먹을 움켜쥐고 투마족의 족장을 향해 달려들었다.

"미천한 인간 놈들이 감히 나를 가지고 놀아! 후회하게 해 주마!"

투마족의 족장은 자신의 패배와 죽음을 확신했다.

강현수가 자신이 어찌할 수 없는 강자라는 사실을 인정한 것이다.

그러나 그렇다고 해서.

자신을 수하에게 수련 상대처럼 던져 준 것에 분노하지 않는 것은 아니었다.

"저놈을 갈가리 찢어 죽여 주마!"

투마족의 족장은 투황을 죽임으로써 강현수의 선택을

후회하게 만들어 주겠노라 다짐하며 전심전력으로 달려들었다.

꽈아앙! 꽈아앙!

황금빛과 칠흑빛이 충돌하며 커다란 폭음을 만들어 냈고.

강현수는.

'최대한 빨리 정리해야지.'

독기를 회수하고 몸을 날려 격렬하게 저항 중인 투마족들과 몬스터들을 향해 달려들었다.

열심히 투마족들과 몬스터를 때려잡던 와중에.

[투마족의 족장을 홀로 쓰러트리는 있을 수 없는 업적을 이루셨습니다.]
[칭호 투마족 족장 슬레이어 EX랭크가 주어집니다.]

[투마족의 침공을 홀로 막아 내는 있을 수 없는 업적을 이루셨습니다.]
[칭호 투마족 학살자 EX랭크가 주어집니다.]

[마계 후작을 홀로 쓰러트리는 믿을 수 없는 업적을 이루셨습니다.]
[칭호 마계 귀족 학살자 E랭크가 D랭크로 성장합니다.]

[투마족 전사를 다수 쓰러트리는 믿을 수 없는 업적을 이루셨습니다.]
[칭호 마족 학살자 B랭크가 A랭크로 성장합니다.]

업적이 떠올랐다.

강현수는 재빨리 투마족의 족장이 죽은 자리로 이동해 유카를 소환했다.

"골렘 소환!"

유카는 재빨리 골렘을 만들었고.

'군단 구성.'

강현수는 소환수로 만들었다.

'음.'

급한 일을 끝내고 업적을 확인했는데.

이번에도 칭호가 두 개밖에 안 생겼다.

'성장은 했지만.'

아틀란티스 차원의 수호신은 역시 성장하지 않았다.

'쉽지 않다 이거지.'

그러나 이 정도면 충분히 만족할 수 있는 성과였다.

가장 큰 성과는.

'투황이 이겼네.'

아무리 부상당했다고는 하지만.

투황이 마계 후작을 일대일로 쓰러트릴 수 있을 정도로 성장했다는 점이었다.

'회귀 전과 비슷한 수준, 아니면 능가했을 수도 있겠어.'

괜스레 기분이 좋아졌다.

강현수 자신이 강해지는 것도 좋지만.

휘하 지휘관들이 강해지는 것도 좋았다.

'잘 막았어.'

세 방향에서 이어진 침공을 훌륭하게 틀어막았다.

'미래 예지가 큰일을 했어.'

비록 세 개의 침공을 모두 예지하지는 못했지만.

'혹한의 군주와 빙마족을 조기에 진압하지 못했으면 피해가 엄청났을 거야.'

가장 강한 적을 각개격파 할 수 있었고.

마족의 대군이 진군을 시작하기도 전에 하나를 격파할 수 있었기에.

'이 정도 피해로 승리할 수 있었어.'

"와아아아!"

"이겼다!"

"다크 나이트 만세!"

"척마혈신 만세!"

전황이 완전히 아군에게 기우는 것과 동시에 커다란 함성이 터져 나왔다.

"무투황 만세!"

"일인군단 만세!"

생소한 칭호가 둘이나 끼어 있었다.

'무투황? 일인군단?'

무투황은 이해가 갔다.

아마 투황을 보고 하는 말이리라.

아무리 부상을 당했어도 수많은 네임드 플레이어들과 랭커 플레이어들을 박살 냈던 투마족의 족장을 투황이 홀로 쓰러트렸으니.

무투황이라는 칭호가 붙을 만했다.

그런데 일인군단이라니?

'설마 저 녀석들이 내 소환수라는 사실을 알았나?'

강현수가 의아해하고 있을 때.

"히히히."

광혈마녀 유카가 멋쩍은 얼굴로 실실 웃음을 터트렸다.

'유카를 보고 한 말이었나?'

일인군단.

강현수의 직업명이었지만.

회귀 전에는 이반의 칭호였고.

'유카의 칭호도 될 수 있겠지.'

홀로 수천이 넘는 골렘들을 거느리고 있었으니까 말이다.

'실제로 활약도 대단했고.'

강현수 혼자 정면을 막아 냈다면.

유카는 홀로 좌측을 막아 냈다.

다수가 힘을 합친 것도 아니고 홀로 해냈으니 당연히 주목을 받을 수밖에 없었다.

'하나의 칭호는 뭐가 되려나?'

투황과 유카는 회귀 전과 다른 칭호를 얻었다.

아마 송하나도 회귀 전과 다른 칭호를 얻으리라.

그 칭호가 뭐가 될지 강현수는 무척이나 궁금했다.

'적당히 위로해 줘야겠네.'

셋 중에서 홀로 칭호를 얻지 못했으니까 말이다.

그러나 굳이 그럴 필요가 없어졌다.

전장을 정리한 후.

사클란트 제국이 아니라 로크토 제국에서 송하나의 새로운 칭호가 생겼으니까 말이다.

송하나가 얻은 칭호는 검마왕.

회귀 전 얻었던 공포의 상징인 살황이 아니라.

만인의 존경을 받는 모든 마검사들의 우상이라고 할 수 있는 칭호였다.

그러나.

"왜 나만 왕이야!"

칭호를 얻었음에도 송하나의 기분은 그리 좋지 못했다.

투황과 유카가 얻은 칭호보다 격이 낮아 보였기 때문이다.

"두고 봐! 금방 더 좋은 칭호를 받아 낼 테니까!"

송하나가 그렇게 호언장담을 했고.

그 기회는 강현수의 예상보다 너무 빨리 찾아왔다.

강현수 일행이 투마족들을 쓸어버린 후 대중의 환호를 받을 무렵.

한 무리의 플레이어들이 얼굴을 찌푸렸다.

"고생은 우리가 다 했는데 찬사는 다크 나이트가 받는군."

사클란트 제국의 네임드 플레이어 중 한 명이자 신의 칭호를 가지고 있는 플레이어인 섬광도신이 얼굴을 찌푸렸다.

"그러게 말이야. 우리 꼴만 우습게 되었어."

파천권신 역시 얼굴을 찌푸렸다.

"우리가 아니었으면 진작 목이 떨어졌을 자들이 그걸 모르고."

"배은망덕한 놈들이야."

무극신과 마도신 또한 표정이 좋지 않았다.

섬광도신, 파천권신, 무극신, 마도신은 모두 신의 칭호를 가진 플레이어들로 그 뿌리를 사클란트 제국에 두고 있었다.

그러나 사클란트 제국의 황제인 카를 13세의 신하는 아니었다.

원주민이든 타 차원 출신이든 그건 큰 상관이 없었다.

원주민인 섬광도신과 마도신은 독자적인 영지를 가진 귀족이었고.

타 차원 출신인 파천권신과 무극신은 거대 길드의 길드 마스터였다.

영주로 불리든 길드 마스터로 불리든 명칭은 중요한 게 아니었다.

　　핵심은 이 네 사람이 독자적인 세력을 갖추고 자신의 명만 따르는 사병을 거느린 군주라는 점이었다.

　　이들은 사클란트 제국의 황제인 카를 13세의 부탁을 귓등으로 들을 정도로 오만했다.

　　카를 13세 역시 신의 칭호를 가진 플레이어자 독자적인 세력을 가진 이 네 사람을 함부로 대하지 못했다.

　　그동안은 별문제가 없었다.

　　서로 소 닭 보듯 지내면 끝이었으니까.

　　문제는 오크 군단의 침공으로 프랭크 왕국이 멸망하고.

　　언데드 군단의 침공으로 수도가 불바다가 되고 나서부터였다.

　　다크 나이트의 수장 척마혈신의 명성이 치솟음과 동시에.

　　사클란트 제국인이면서도 오크 군단의 침공과 언데드 군단의 침공에 아무런 역할을 하지 않은 섬광도신, 파천권신, 무극신, 마도신이 네 사람에게 비난의 화살이 쏟아진 것이다.

　　유형적인 피해는 없었다.

　　그러나 무형적인 피해가 상당히 컸다.

　　마족이 무서워서 나서지 않았다.

　　자기만 아는 소인배들이다.

인류 수호의 사명을 저버린 매국노다.

등등등.

온갖 소문이 돌며 드높던 명성이 땅에 떨어졌다.

상황이 이렇게 되자 섬광도신, 파천권신, 무극신, 마도신으로서도 신경이 쓰일 수밖에 없었다.

그들이 이렇게 독자적인 세력을 구축하고 황제 못지않은 부귀영화를 누릴 수 있는 이유는?

개인의 강함과 다수의 사병을 거느리고 있기 때문이기도 했지만.

그와 동시에 절대다수를 차지하는 백성들과 일반 플레이어들의 지지와 존경을 받는 존재였기에 가능한 일이었다.

한데 그 근원 중 하나인 지지와 존경이 사라지고 있다.

명성이 떨어지고 오히려 악명이 쌓인다.

또한 백성과 일반 플레이어들이 자신들이 가진 힘을 의심하고 있었다.

이건 위험했다.

자칫 잘못하면?

신의 칭호를 박탈당할지도 몰랐다.

이에 섬광도신, 파천권신, 무극신, 마도신은 차분히 때를 기다렸다.

그리고 투마족의 침공이 시작되자.

번개같이 움직였다.

척마혈신과 다크 나이트가 나서기 전에 사건을 종결시켜 자신들의 힘에 대한 대중의 의심과 그간의 행적에 대한 비난을 종식시키기 위해서였다.

그런데 결과는 비참했다.

그들 넷과 휘하 플레이어들은 투마족의 족장을 상대로 분전했지만.

그게 다였다.

발목을 잡고 시간을 끌었을 뿐.

이기기는커녕 점점 더 불리한 상황에 놓였기 때문이다.

그러던 중 척마혈신과 다크 나이트가 나타나 보란 듯이 투마족의 족장을 쓰러트리고 투마족들을 쓸어버렸으니.

빠르게 움직였음에도 오히려 망신만 당하고 말았다.

이는 이 네 사람의 실력이 부족해서였지만.

당사자인 섬광도신, 파천권신, 무극신, 마도신은 그렇게 생각하지 않았다.

"우리는 척마혈신과 다크 나이트를 빛나게 해 주는 장신구가 되어 버렸어."

"우리가 저놈의 체력과 마력을 소모시킨 공은 아무도 인정해 주지 않는군."

"저 비열한 놈이 우리의 공적을 빼앗아 간 거야."

"영악한 놈."

네 사람은 자신들이 투마족 족장의 체력과 마력을 소모시켜 빈사 상태로 만들어 놓은 상태에서 척마혈신과 다크 나이트가 그 공을 가로챘다고 생각했다.

"이대로 넘어가면 우리만 우스운 꼴이 될 거야."

"얻는 건 없고 잃는 것만 있을 수는 없지."

"이번 기회에 신입에게 본때를 보여 줘야 하네."

"사실 전부터 한번 교육을 시키고 싶었는데 기회가 왔군."

섬광도신, 파천권신, 무극신, 마도신이 당당하게 척마혈신에게 다가갔다.

이 네 사람은 척마혈신이 마음에 들지 않았다.

자신들의 공을 가로챈 것이 이번이 처음이 아니었기 때문이다.

오크 군단의 침공으로 멸망한 프랭크 왕국?

척마혈신과 다크 나이트가 처리하지 않았다면 자신들이 나서 처리했을 것이다.

그건 언데드 군단 역시 마찬가지였다.

이 네 사람은 단지 자기 몸값과 명성을 올리기 위해 조금 뜸을 들였을 뿐인데?

척마혈신과 다크 나이트가 냉큼 튀어나와 자신들이 얻을 찬사와 명예를 가로챘다.

네 사람은 이번 기회에 척마혈신에게 제대로 본때를 보여 줘야 한다고 생각했다.

아마 혼자였다면 이렇게 선뜻 나서지 못했으리라.

강현수가 아무리 자신들이 체력과 마력을 고갈시켜서 빈사 상태(?)로 만들어 놨다고는 하지만.

어쨌든 홀로 투마족의 족장을 쓰러트린 건 사실이었으니까 말이다.

그러나 무려 신의 칭호를 얻은 플레이어가 넷이었다.

이 정도라면?

척마혈신의 사과를 받아 낼 수 있을 것이라고 생각했다.

그러나.

'뭐야?'

'저놈들이 왜?'

척마혈신에게 다가가던 네 사람은 주변에 있는 인물들을 보고 긴장감을 끌어올렸다.

빙화신검, 권신, 신마검, 신창.

저 네 사람은 로크토 제국과 그 제후국 출신이기에 설마 이곳까지 왔을 줄은 몰랐다.

"오호, 안 그래도 찾아가려고 했는데 직접 찾아왔네."

빙화신검이 환하게 웃으며 네 사람을 반겼다.

이에 섬광도신은 알 수 없는 불안감에 휩싸였다.

그때.

"자네도 저 친구한테 이번 일을 따지러 온 건가?"

눈치 없는 파천권신이 먼저 입을 열었다.

"따지다니? 뭘 말인가?"

"자네들이 로크토 제국에서 여기까지 힘겹게 지원을 왔는데. 그에 대한 성과는 척마혈신이 다 차지하지 않았나?"

파천권신의 말에.

"뭐, 그건 그렇지."

빙화신검이 선선히 고개를 끄덕였다.

"자네들은 일반 마족을 상대한 모양인데. 우리는 저 마족들의 우두머리를 상대했네. 그 때문에 길드원들의 피해가 꽤 커졌어. 한데 이런 대접을 받고 있으니 얼마나 억울하고 기가 막히겠나?"

"아, 그랬구만."

빙화신검이 맞장구를 쳐 주자.

무극신과 마도신도 재빨리 입을 열어 억울함을 토로했다.

빙화신검, 권신, 신마검, 신창 역시 자신들과 같은 목적을 가지고 척마혈신을 찾아왔다는 생각이 들자 힘이 났기 때문이다.

신의 칭호를 가진 플레이어 네 명이 따지는 것보다 여덟 명이 따지는 게 더 영향력이 크지 않겠는가?

빙화신검이 적당히 대화를 받아 주자.

'우리랑 같은 목적이었나 보군.'

알 수 없는 불안감에 휩싸였던 섬광도신도 마음을 놨다.

'애초에 불안해할 필요가 없었어.'

생각해 보니 빙화신검, 권신, 신마검은 원래 자기 잘난 맛에 사는 놈들이었다.

척마혈신과 친분이 있으려야 있을 수가 없는 자들인 것이다.

'그건 신창도 마찬가지고.'

신창은 귀족이고 독자적인 세력을 가지고 있기는 하지만.

오히려 자신들과 비슷한 부류니 당연히 척마혈신을 마음
에 들어 할 리가 없었다.

'잘된 일이군.'

넷이 뭉쳤다고는 하지만 내심 척마혈신이 거느린 수하들
이 마음에 걸렸던 참이었다.

무려 10만이 넘는 병력이지 않은가?

그런데 저 넷이 함께한다니 마음이 든든했다.

'설사 황제라도 우리 앞에서는 자존심을 굽혀야 할 거다.'

무려 신의 칭호를 가진 플레이어만 여덟 명이다.

자신들이 한마음으로 움직인다면 못 할 일이 뭐가 있겠는가?

신의 칭호를 가진 여덟 명의 플레이어가 위풍당당하게 척
마혈신에게 다가갔고.

"이보게 자네 어찌 그리 염치가 없을 수 있나!"

"우리가 다 잡은 사냥감을 가지고 생색을 내다니!"

"그런 얌체 같은 행동을 하고도 무사할 줄 알았나!"

"당장 우리에게 사과하게!"

당당히 목소리를 높일 수 있었다.

그러나.

콰콰콰콰콰!

말이 끝나기 무섭게 척마혈신 주변에 있던 이들이 마력을 끌어 올렸고.

그 순간 섬광도신, 파천권신, 무극신, 마도신의 얼굴이 창백하게 변했다.

자신들과 비교해도 전혀 밀리지 않는 기운을 품고 있는 자들이 한둘이 아니었기 때문이다.

'이게 무슨?'

척마혈신이 직접 마력을 뿜어낸 것도 아니다.

그저 근처에 포진해 있던 다섯 명의 플레이어들이 마력을 뿜어낸 것뿐인데.

그 마력에 짓눌릴 것 같았다.

'저놈들은 무투황과 일인군단도 아닌데.'

예상과 다른 결과에 섬광도신, 파천권신, 무극신, 마도신의 얼굴이 창백해졌다.

사실 이는 당연한 일이었다.

혹한의 군주와 투마족의 족장은 비록 다운그레이드되기는 했지만 신의 칭호를 가진 플레이어들을 능가하는 강자다.

거기다 그간 강현수에께 꾸준히 마기를 주입받고 강화된 도플갱어 킹 탈리만, 오크 로드 카쉬쿠, 데스 나이트 버나드 같은 경우도 신의 칭호를 가진 플레이어들을 능가하는 실력자.

그들의 마력을 제아무리 신의 칭호를 가진 강자들이라 하나 고작 넷이서 감당할 수는 없었다.

여기에 인외의 존재라 소환하지 않은 라미아 로드나 마룡 카라스.

혹시 몰라 라이프 포스 베슬에 넣어 버린 리몬쉬츠와 리치들.

거기다 전장에서 전리품을 수거하는 소환수들을 지휘하느라 빠진 하급 마계 귀족 출신 소환수들까지 이 자리에 있었다면?

저 넷은 그대로 전의를 상실했을 것이다.

그러나 다행히(?) 이 자리에는 고작 다섯뿐이었고.

'우리는 여덟 명이야.'

'아무리 힘이 있어도 우리를 핍박할 수는 없다.'

동료가 네 명 더 늘어난 덕분에 힘을 낼 수 있었다.

그런데.

"주군을 뵙습니다."

방금 전까지 신나게 맞장구(?)를 쳐 주던 빙화신검이 척마혈신을 보고 공손히 고개를 숙였다.

그걸 시작으로.

"주군을 뵙습니다!"

권신, 신마검, 신창이 합창하듯 외치며 일제히 척마혈신에게 고개를 숙이자.

'이게 무슨?'

'뭐가 어떻게 된 거야?'

'저 자존심 강한 놈들이 왜?'

'이럴 리가 없는데?'

순식간에 섬광도신, 파천권신, 무극신, 마도신의 맨탈이 붕괴되어 버렸다.

"너희가 다 잡은 사냥감이었다고? 정말 그렇게 생각하나?"

척마혈신의 무심한 한마디에 섬광도신, 파천권신, 무극신, 마도신의 눈동자가 미친 듯이 흔들렸다.

'젠장 역시 뭔가 불안하다 했더니.'

섬광도신은 뒤늦게 자신의 감이 맞았음을 알아차릴 수 있었다.

'저놈들 때문에.'

빙화신검, 권신, 신마검, 신창.

저 넷의 수작에 휘말려 어리석은 선택을 하고야 말았다.

'잘못하면 여기서 목이 날아간다.'

여기 오기 전에는 꿀릴 게 없다고 생각했고.

설사 분쟁이 커지더라도 무력을 쓰는 일까지는 없으리라 생각했다.

한데 그 생각이 바뀌었다.

척마혈신이 마음만 먹으면?

'우리는 여기서 살아 돌아갈 수 없어.'

척마혈신의 무력을 보고도 당당할 수 있었던 건.

무력 충돌이 없으리라 확신했던 건.

자신들과 척을 지면 척마혈신이 더 손해라고 생각했기 때문이다.

그런데 아니었다.

지금까지 드러난 전력을 비교하면?

척마혈신은 아무런 피해없이 자신들을 전멸시킬 수 있었다.

"아닙니다. 저희가 큰 착각을 했습니다."

상황을 파악한 섬광도신이 재빨리 몸을 낮췄다.

그런 섬광도신을 보고.

"맞습니다. 착각이었습니다."

"저희가 실수를 했군요."

"그럼 저희는 이만 가 보겠습니다."

파천권신, 무극신, 마도신도 꼬리를 내렸다.

그러나.

"착각했다고 해서 무례가 사라지는 건 아니지. 실수라고 해서 다 용서받을 수 있는 것도 아니고. 잘못을 했으면 대가를 치러야지."

척마혈신의 말에 섬광도신, 파천권신, 무극신, 마도신의 얼굴이 무참히 일그러졌다.

잠시 후.

그 네 사람은 사죄의 보상으로 척마혈신에게 충성 맹세라는 커다란 대가를 지불해야 했다.

남부 연합 왕국

'운이 좋네.'

강현수의 얼굴에 환한 미소가 피어올랐다.

'어떻게 엮을까 고민했는데.'

알아서 호랑이 굴로 들어와 줬다.

거기다 잘 포장된 명분까지 가지고서 말이다.

'총 여덟 명이라.'

신의 칭호를 가진 플레이어 여덟 명을 휘하에 넣었다.

'싹 다 잡아서 휘하에 넣는다.'

신의 칭호를 가진 이들은 여덟 명이 전부가 아니다. 더 있
다.

또 신의 칭호를 손에 넣지는 못했지만.

그에 못지않거나 더한 강함을 가진 인류 공적들도 제거하거나 휘하에 넣어야 했다.

'이제 슬슬 남부 연합 왕국을 방문해야겠어.'

아틀란티스 차원에서 가장 강력한 국가는 로크토 제국과 사클란트 제국이다.

그러나 로크토 제국과 사클란트 제국의 영향력 밖에서 독자적인 세력을 구축하고 있는 집단이 있었다.

그게 바로 남부 연합 왕국이었다.

'대륙인들에게 무척이나 폐쇄적이지.'

남부 연합 왕국은 남부의 섬나라 다섯 개가 힘을 합쳐 만든 집단이다.

바다라는 천혜의 장벽 덕분에 로크토 제국과 사클란트 제국의 제후국이 되는 신세를 피할 수 있었다.

그러나 각자 따로 놀면 로크토 제국이나 사클란트 제국에 점령당할 수밖에 없기에 다섯 개의 왕국이 하나로 힘을 합쳐 연합 왕국을 구성했다.

'로크토 제국과 사클란트 제국보다 전력이 딸려.'

그래도 명색이 아틀란티스 차원에서 세 번째로 강한 세력이다.

강현수 입장에서는?

무조건 협력을 얻어 내야 했다.

'문제는 그게 쉽지 않다는 거지.'

남부 연합 왕국의 주류는 인간이 아니다.

로크토 제국과 사클란트 제국은 수인족 같은 아인종이 섞여 있기는 하지만.

인간이 주류다.

반면 남부 연합 왕국은 인어족, 엘프족, 드워프족 등등 인간을 피해 도망친 이들이 주류였다.

'남부 왕국 연합을 이루는 다섯 개의 왕국 중 인간의 왕국은 하나밖에 없어.'

그나마 있는 인간 왕국도 대륙인들에게 무척이나 적대적이었다.

대륙인들.

좀 더 정확히 로크토 제국과 사클란트 제국은 호시탐탐 남부 왕국 연합을 노려 왔으니까.

수많은 아인종이 대륙이 아니라 섬에 틀어박혀 살아가고 있는 이유 역시 대륙인들의 탐욕 탓이 컸다.

마왕군의 침공 이후 로크토 제국이나 사클란트 제국과의 전쟁은 멈췄지만.

'그렇다고 그간 쌓인 적대감이 해소되지는 않았지.'

그러나 서로 반목해서는 마왕군과의 전쟁에서 승리할 수 없다.

'일단 한번 간을 봐야겠어.'

투신갑 세트에 걸린 저주를 풀기 위해서라도 한 번쯤 남부 연합 왕국을 방문해야 했다.

강현수의 주력 갑옷인 저주받은 투신갑 세트는 힘 스텟 감소라는 저주가 걸려 있다.

'이걸 풀어서 힘 스텟 감소를 힘 스텟 증가로 바꿔야지.'

그래야지 마왕과의 결전에서도 사용할 수 있는 최종 병기가 될 수 있다.

'수인족 모습으로 가면 박대받지는 않겠지.'

남부 연합 왕국이 대륙인들에게 적대적이기는 하지만.

그나마 무란 왕국에 속한 수인족들에게는 너그러운 편이었으니까 말이다.

강현수가 어떻게 하면 남부 연합 왕국을 설득해 공동 전선을 만들 수 있을까 고민하고 있을 때.

-남부 연합 왕국에서 지원을 요청해 왔습니다.

로크토 제국의 황제 세실리아에게서 연락이 왔고.

-마왕군이 남부 연합 왕국을 침공했다고 합니다. 공식적으로 지원 요청이 왔습니다.

사클란트 제국에 심어 놓은 도플갱어에게서도 동일한 연락이 왔다.

'삼면 공격이 아니었어.'

사면 공격이었다.

단지 대륙이 아니라 섬으로 이루어진 아틀란티스 차원 최남단의 국가 남부 연합 왕국을 침공했기에 상황이 늦게 알려진 것뿐이었다.

'당장 가야겠어.'

안 그래도 가려고 했는데 알아서 불러 주니 망설일 필요가 없었다.

강현수가 남부 연합 왕국으로 향했다.

그러는 와중에도 머릿속이 복잡했다.

'웬만한 상황이 아니면 절대 지원 요청을 할 놈들이 아닌데.'

남부 연합 왕국은 자존심이 강하다.

특히 로크토 제국과 사클란트 제국에 대한 원한이 엄청나다.

그런 남부 연합 왕국이 자존심을 접고 로크토 제국과 사클란트 제국에 공식적으로 지원 요청을 했다는 건?

'나라가 멸망할 수도 있는 위기라는 거지.'

최대한 빨리 가야 했다.

조금이라도 늦으면?

'인류의 한 축인 남부 연합 왕국이 무너질 수도 있어.'

그런데 문제가 있었다.

남부 왕국 연합이 로크토 제국이나 사클란트 제국과 공간 이동 게이트를 비활성화시켰다는 점이었다.

'시간이 없는데.'

강현수는 비행형 소환수를 타고 홀로 바다를 건넜다.

공간 이동 게이트가 활성화될 때까지 기다리거나 배를 타고 이동하는 것보다는 하늘을 날아가는 게 더 빨랐기 때문이다.

강현수가 비행형 소환수를 타고 떠났을 무렵.

로크토 제국과 사클란트 제국의 지원군은 공간 이동 게이트가 활성화되기를 하염없이 기다릴 수밖에 없었다.

✳✳

다섯 개의 왕국이 연합해 만들어진 남부 연합 왕국.

그중 우두머리 역할을 하는 왕국은 엘프 왕국이었다.

인구수도 가장 많았고 무력도 강했으며 건국 초기 남부 연합 왕국을 만든 것도 엘프 왕국이었다.

특히 엘프 왕국은 모든 일을 합리적으로 처리하며 연합에 속한 종족이나 다른 왕국들 사이에 벌어진 분쟁을 중재하는 재판관 역할까지 훌륭하게 소화해 냈다.

그 역할은 마왕군의 침공이 벌어진 후에도 달라지지 않았다.

강력한 국력과 합리적인 판단으로 사실상 남부 연합 왕국의 수장 역할을 하는 엘프 왕국이 죽음의 대지로 변했다.

차원 게이트를 통해 넘어온 대규모 언데드 군단 때문이었다.

"모조리 죽여라!"

"망자들이여 일어나라!"

리치, 데스 나이트, 구울, 스켈레톤 같은 언데드 몬스터로 이루어진 불사의 군대는 무시무시한 속도로 엘프 왕국을 점령해 나갔다.

주변 왕국에서 지원군을 보내 줬지만.

─쿠워어어어어!

다섯 마리의 본 드래곤까지 동원된 언데드 군단의 진군을 막는 건 무리였다.

이대로 가면 엘프 왕국이 멸망할 상황.

결국 엘프 왕국은 잠재적 적국이나 다름없는 로크토 제국과 사클란트 제국에까지 지원을 요청했다.

"로크토 제국과 사클란트 제국에서 지원군을 보냈다고 합니다."

"그럴 줄 알았어요. 문제는 공간 이동 게이트를 얼마나 빨리 활성화시키느냐군요."

엘프 왕국의 여왕 엘란이 얼굴을 찌푸리며 말했다.

"시간이 꽤 많이 걸릴 것 같습니다."

"그렇겠죠."

남부 연합 왕국은 과거 고의적으로 대륙과의 공간 이동 게이트를 훼손시켰다.

단순히 비활성화만 시켰다가 만에 하나 첩자나 특공대가

침입해 활성화시키는 것을 방지하기 위해서였다.

그간은 별다른 문제가 없었다.

그러나 지금 같은 위기 상황에서는 큰 문제였다.

'어쩔 수 없어. 지금은 최대한 버티는 게 관건이다.'

최악의 경우.

엘프 왕국을 버려야 할지도 몰랐다.

'진작 도움을 요청할 걸 그랬나?'

그간 마왕군의 침공이 여러 번 있었지만.

자력으로 훌륭하게 방어해 냈다.

그렇기에 이번에도 그럴 수 있을 거라고 생각했다.

한데 이번 침공의 규모와 무력 수준은 과거와 비교가 불가능할 정도였다.

"탈출 준비를 하세요."

엘프 왕국의 여왕 엘란의 말에.

"왕국을 버리실 생각이십니까?"

보고를 올렸던 신하가 침통한 표정으로 물었다.

"겨우겨우 버티고 있지만 무너질 확률이 높아요. 그렇다면 왕국을 버리더라도 백성들은 살려야죠."

"알겠습니다."

엘프 왕국의 여왕 엘란의 결정에 신하들이 침통한 표정으로 수긍했다.

심정적으로는 목숨을 걸고 싸워 왕국을 지켜 내고 싶지만.

냉정하게 생각했을 때는 백성들의 목숨이라도 건지는 게 우선이었다.

문제가 있다면 본 드래곤을 비롯한 비행형 언데드 몬스터들의 존재였다.

과연 놈들이 엘프 왕국을 점령하는 것으로 만족할까?

아마 그러지 않을 확률이 높았다.

자칫 잘못하면.

엘프 왕국을 시작으로 남부 연합 왕국 전체가 무너질 수도 있는 큰 위기였다.

그때.

휘이이익!

허공에서 칠흑빛 갑옷을 입은 플레이어 하나가 모습을 드러냈고.

쿠웅!

성벽 위에 착지했다.

"당신은 누구죠?"

엘프 왕국의 여왕 엘란이 의아한 눈빛으로 칠흑빛 갑옷을 입은 플레이어에게 물었다.

"지원군을 이끌고 온 다크 나이트의 수장 척마혈신이라고 합니다."

상대의 말에 엘프 왕국의 여왕 엘란의 얼굴이 순간적으로 환해졌다가 다시금 어두워졌다.

'혼자군.'

지원군을 이끌고 왔다고 해서 기대했는데.

혼자였다.

'비행 스킬을 가지고 있나?'

아마 그래서 혼자 이렇게 빨리 지원을 온 것이리라.

엘프 왕국의 여왕 엘란은 척마혈신과 다크 나이트의 존재에 대해 익히 알고 있었다.

'신의 칭호를 가질 정도의 강자라면 수비에 조금은 도움이 되겠지.'

조금이라도 더 시간을 벌 수 있게 되었으니 다행이라면 다행이었다.

"엘프 왕국을 돕기 위해 왔습니다."

"도움에 감사드립니다."

엘프 왕국의 여왕 엘란이 살짝 고개를 숙였다.

척마혈신의 존재로 인해 더 많은 엘프들이 생명을 구할 수 있게 되었기에 취한 예였다.

"그럼 바로 움직이겠습니다."

그 말을 끝으로 척마혈신이 성벽 아래로 뛰어내렸다.

"굳이 내려갈 필요는."

엘프 왕국의 여왕 엘란이 뒤늦게 말했지만 이미 늦었다.

'성벽 아래서 체력과 마력을 소모하는 것보다는 성벽 위에서 싸우는 게 더 효율적일 텐데.'

엘프 왕국의 여왕 엘란의 눈썹이 살짝 일그러졌다.

그때.

쿠우우웅!

척마혈신이 언데드 몬스터로 가득한 지상에 착지했고.

사아아악!

그와 동시에 척마혈신과 같이 칠흑빛 갑주로 무장한 병력이 일제히 모습을 드러냈고.

꽈아아앙!

퍼어어엉!

엄청난 속도로 언데드 군단을 쓸어버렸다.

'어떻게 이런 일이.'

엘프 왕국의 여왕 엘란은 경악했다.

고유 스킬 진실의 눈을 보유한 엘프 왕국의 여왕 엘란에게는 강현수에게서 뿜어져 나온 상상을 초월하는 마력과 마기가 칠흑빛 갑주로 무장한 병력으로 변한 모습이 똑똑히 들어왔다.

'아무리 신의 칭호를 가진 플레이어라고 해도 어찌 일개 플레이어가 저렇게 방대한 마력과 마기를 지닐 수 있단 말인가?'

단순히 마력과 마기 스텟이 높은 게 아니었다.

강력한 무력을 지닌 플레이어에 준하는 존재를 마력과 마기로 만들어 낸 것이다.

거기다 물경 그 숫자가 10만을 넘어설 정도로 많았다.

'어떻게 내 눈을 피한 거지?'

진실의 눈은 모든 것을 꿰뚫어 본다.

그런데 그 진실의 눈을 피해 저런 강력한 소환수들을 만들 수 있는 마력과 마기를 어떻게 숨겼다는 말인가?

거기다 그게 끝이 아니었다.

'저자는 단순한 소환사가 아니야.'

진실의 눈 덕분에 척마혈신이라는 플레이어가 얼마나 강한 존재인지 똑똑히 알 수 있었다.

강한 건 소환수들도 마찬가지였다.

놀랍게도.

'저자와 대등한 수준의 무력을 지닌 소환수들이 있어.'

엘프 왕국의 여왕 엘란의 상식으로는 도저히 있을 수 없는 일이 벌어진 것이다.

신의 칭호를 손에 넣을 정도로 강력한 무력을 지닌 최상위 플레이어가.

상위 플레이어와 최상위 플레이어로 이루어진 10만 대군을 소환수로 부리고 있었으니까 말이다.

그게 끝이 아니었다.

슈슈슈슉!

갑자기 신의 칭호를 가진 플레이어 수준의 플레이어들이 무더기로 추가되었다.

그들은 마력이나 마기로 이루어진 존재가 아니라 살아 있는 인간이자 순수한 플레이어였다.

"가자!"

"다 쓸어버리자고!"

소환된 플레이어들이 무시무시한 무력을 선보이며 엄청난 속도로 언데드 몬스터 군단을 쓸어버렸다.

'이 정도 무력이라면.'

굳이 왕국을 버릴 필요가 없을 듯싶었다.

진실의 눈으로 본 결과.

척마혈신과 그가 소환한 존재들이.

언데드 몬스터 군단보다 월등히 강했으니까 말이다.

꽈아아아앙!

작은 요새 크기의 본 드래곤이 너무도 손쉽게 박살 난다.

오러를 줄기줄기 뿜어내던 데스 나이트들이 스켈레톤처럼 부서져 내린다.

'쉽네.'

강현수가 만족스러운 미소를 지었다.

며칠 전이었다면?

이렇게 손쉽게 언데드 군단을 쓸어버리지 못했을 것이다.

엘프 왕국을 침공한 언데드 군단은 사클란트 제국을 침공했던 리몬쉬츠의 언데드 군단보다 월등히 강했으니까.

그러나 지금은 사정이 달랐다.

혹한의 군주가 이끄는 빙마족을 시작으로 라미아 로드가 이끄는 라미아 일족 그리고 투마족 족장이 이끄는 투마족까지 쓸어버린 강현수의 소환수들은 그 수준이 급격히 업그레이드된 상태였다.

'단순히 소환수의 질만 늘어난 게 아니야.'

워낙 많은 숫자의 적들을 쓰러트리다 보니 신성 스텟이 미친 듯이 상승했고.

덩달아 마기의 구슬 역시 너무 빠른 속도로 차올랐다.

이에 강현수는 마기의 구슬에 쌓인 마기를 통해 혹한의 군주를 시작으로 라미아 로드와 투마족 족장을 업그레이드했다.

그 결과.

'지금 이 순간에도 강해지고 있지.'

강현수도 강해지고 소환수도 강해지고 휘하 지휘관들도 강해지는 선순환이 발생하고 있었다.

'무난하게 제압할 수 있겠어.'

겸사겸사 소환수 질도 더 끌어올리고 라이프 포스 베슬도 더 수집하고 말이다.

단지 걱정스러운 점이 있다면?

'아무리 내가 나비효과를 일으켰다고는 하지만 침공 속도가 너무 빨라.'

회귀 전 이 정도 대대적인 침공이 벌어졌던 때와 비교해 보자면?

족히 10년은 빨라졌다.

강현수가 스스로의 힘을 키우고 아틀란티스 차원에 있는 플레이어들의 내전을 막아 어느 정도 힘을 유지한 건 좋은 일이지만.

'침공 속도가 이 정도로 빨라진 건 결코 좋은 일이 아니야.'

어떻게 이 정도 대규모 병력이 차원 게이트를 통과할 수 있었는지 알아내고 싶었지만.

'이놈들도 아는 게 없어.'

혹한의 군주, 라미아 로드, 투마족 족장의 말은 모두 동일했다.

그저 마왕의 명령에 따라 움직였다는 것.

'회귀 전에도 이렇게 대대적인 침공이 가능했는데 하지 않은 건가? 아니면 회귀 전에는 할 수 없었는데 회귀 후에는 할 수 있게 된 건가?'

머릿속이 복잡했다.

침공 속도가 빨라진 원인을 알아야 대비를 할 수 있었는데 현재로서는 알아낼 수 있는 방법이 없었다.

'후작급도 모르는 정보라.'

공작급 마계 귀족이 차원 게이트를 통과하면 알 수 있을까?

'아닐 수도 있어.'

마계는 마왕이라는 절대지존에게 지배당하고 있다.

마계 귀족들이 나름 세력을 키우고 서로 투닥거리기는 하지만.

'마왕의 권위에는 도전하지 못해.'

왜 아틀란티스 차원을 침공했는지.

왜 침공 속도가 빨라졌는지.

그 모든 의문을 풀기 위해서는 결국 마왕을 쓰러트리고 이 전쟁에서 승리해야 했다.

'일단 이 녀석들부터 정리해야겠어.'

아무리 고민을 해 봐야 지금 당장 답이 없는 일이다.

계속 고민하는 것보다는.

'지금 당장 내가 할 수 있는 일을 해야지.'

그중 가장 시급한 일이 바로 언데드 군단을 전멸시키는 것이었다.

'저놈이네.'

강현수의 눈에 아크 리치 킹이 들어왔다.

'리몬쉬츠보다 강하다.'

그러나 지금 강현수의 상대는 아니었다.

'라이프 포스 베슬을 몸에 보관하고 있는 녀석이면 좋겠는데.'

그래야 추가로 아크 리치 킹을 부릴 수 있다.

휘이이익!

강현수가 아크 리치 킹을 향해 다가갔다.

-저들을 수하로 만들다니 부럽구나.

아크 리치 킹이 강현수를 바라보며 말했다.

'마계 귀족들을 말하는 건가?'

아크 리치 킹은 후작급 마계 귀족으로 추정된다.

그런 아크 리치 킹의 입장에서 자신과 같은 후작급 마계 귀족들을 소환수로 부리는 건 꿈같은 일이리라.

-나로서도 저들을 언데드로 만들지는 못했는데.

"저항할 생각이 없는 거냐?"

강현수가 의아한 표정으로 물었다.

아크 리치 킹이 데스 나이트나 다른 언데드 몬스터들을 동원해 자신의 앞을 가로막았다면?

좀 더 시간을 끌 수 있었을 터였다.

그런데 그러지 않았다.

그저 담담하게 강현수가 자신의 곁으로 다가오는 걸 지켜봤을 뿐.

-저항이라. 어차피 이 전쟁은 내가 졌다. 저항해 봐야 무의미한 일일 뿐이지.

"너 라이프 포스 베슬을 몸에 보관하고 있지 않구나."

곧 죽거나 강현수에게 라이프 포스 베슬을 빼앗길 상황이라면?

절대 저렇게 태연할 수가 없을 터였다.

-그렇다. 나는 마왕님의 종. 나의 모든 것은 그분께서 소유하고 있으시다.

"마왕이 아틀란티스 차원을 침공하는 이유는 뭐지?"

강현수가 혹시나 하는 마음에 물었다.

-그걸 내가 알려 줄 것 같으냐?

아크 리치 킹의 대답에 강현수는 실망하지 않았다.

어차피 제대로 된 대답을 들을 수 있을 거라고 생각하지는 않았으니까.

-그보다 어서 날 소멸시키는 게 어떠냐? 더 시간을 끌었다가는 괜한 피해만 커질 터인데?

"그건 그렇지."

아크 리치 킹의 말에 강현수가 선선히 고개를 끄덕였다.

콰콰콰콰!

강현수의 검이 핏빛 오러로 휩싸였고.

휘익!

강현수의 검이 아크 리치 킹을 향해 휘둘러졌다.

그 순간.

꽈아아아아아앙!

커다란 폭음과 함께 아크 리치 킹의 육체를 구성하고 있던 마기가 격렬하게 폭발했다.

정면으로 적중당했다면?

강현수로서도 엄청난 피해를 감수해야 할 정도의 폭발이 었다.

그러나 강현수는 멀쩡했다.

'내가 이럴 줄 알았다.'

애초에 아무리 부활이 가능한 언데드라고 해도 순순히 자신을 소멸시키라고 목을 내미는 게 이상했다.

육체를 부활시키려면 막대한 마기가 필요했으니까.

'원수인 나에게 호의를 베풀 이유도 필요도 없지.'

그래서 1초 예지 스킬을 사용했고.

아크 리치 킹의 자폭을 알아차리고 공격하는 척하며 미리 몸을 피했다.

또 혹시나 하는 마음에 얼음왕의 목걸이와 수호의 반지에 내장되어 있는 방어 스킬들까지 발동시켰고 말이다.

'마기가 깨끗하게 증발했네.'

자폭한 이유는 강현수에게 업적과 경험치 그리고 마기를 넘겨주지 않기 위한 수단이었으리라.

뭐, 운이 좋다면 강현수를 제거하거나 큰 부상을 입힐 수 있다는 생각도 있었겠지만 말이다.

'끝났네.'

로크토 제국과 사클란트 제국의 지원군이 오기도 전에 언데드 군단은 종말을 맞이했다.

사실 강현수를 포함해 총 아홉 명에 달하는 신의 칭호를 가진 플레이어들이 있었고.

　거기에 10만의 소환수와 더불어 송하나, 투황, 유카, 적염제같이 강력한 무력을 지닌 휘하 지휘관들이 있었으니 당연한 일이었다.

　사실상 강현수 홀로 언데드 군단을 진압한 것이나 마찬가지였다.

　아쉬운 게 있다면 보상이 적다는 점이었다.

[언데드 마족 다수를 쓰러트리는 믿을 수 없는 업적을 이루셨습니다.]
[칭호 마족 학살자 A랭크가 S랭크로 성장합니다.]

'업적이 줄기는 했지만. 이 정도에서 만족해야겠네.'

　어쨌든 성장하기는 했으니까 말이다.

'이제 보상을 받아야겠네.'

　강현수가 엘프 왕국의 여왕 엘란을 향해 다가갔다.

　"왕국이 구원받는 큰 은혜를 입었습니다."

　엘프 왕국의 여왕 엘란이 한쪽 무릎을 꿇고 허리를 숙이며 예를 취했다.

　아무리 은인이라고는 해도 사실상 완전히 아랫사람이 윗사람을 대하는 태도와 예의에 가까웠다.

　엘프 왕국의 여왕 엘란은 일국의 왕이자 남부 연합 왕국의 수장.

그런 그녀가 아무리 신의 칭호를 가지고 있다고는 하지만 일개 플레이어에게 취하기에는 너무도 과도한 예의였다.

그러나 그럴 수밖에 없었다.

강현수가 보여 준 무력은 로크토 제국이나 사클란트 제국의 황제를 능가하는 수준이었으니까 말이다.

또 엘프 왕국의 여왕 엘란은 진실의 눈을 가지고 있었다.

그렇기에 10만에 달하는 소환수들과 최상위 플레이어들이 모두 강현수에게 종속되었음을 알아차렸다.

'저자의 의지에 따라 엘프 왕국의 명운이 결정된다.'

아니, 어쩌면 남부 연합 왕국 전체의 명운이 뒤바뀔지도 몰랐다.

"그럼 몇 가지 부탁을 드려도 괜찮겠습니까?"

강현수의 물음에.

"예, 말씀하시지요."

엘프 왕국의 여왕 엘란이 공손히 대답했다.

"첫 번째로 제가 입고 있는 갑옷의 저주를 풀어 주셨으면 합니다."

"갑옷의 저주를 풀어 달라고요?"

"예."

엘프 왕국의 여왕 엘란의 물음에 강현수가 고개를 끄덕이며 대답했다.

'엘란은 여왕임과 동시에 신의 칭호를 가진 플레이어지.'

힐러 계열로 치유의 여신이라는 칭호를 가지고 있다.

거기다 최상위 힐러 중 가장 강력한 해주 스킬을 보유자였다.

'회귀 전에도 이 갑옷의 저주를 푼 당사자니까.'

이번에도 충분히 풀 수 있으리라.

또한 마족과의 전쟁에서는 그녀의 존재가 꼭 필요하다.

'그녀는 단순한 힐러가 아닌 버퍼니까.'

특히 저주나 언데드 같은 존재에 한해서는 더 강력한 버프가 가능했다.

애초에 그녀의 존재가 아니었다면?

엘프 왕국은 지금까지 버티지도 못하고 무너져 내렸으리라.

"알겠습니다. 그리 어려운 일은 아니군요. 단 3일 정도의 여유는 주셨으면 합니다."

"그 정도는 얼마든지 기다려 드릴 수 있습니다."

저주를 해주할 수 있다는 게 중요할 뿐.

시간은 크게 중요하지 않았다.

3일이 그리 긴 시간도 아니었고 말이다.

"두 번째로는 로크토 제국과 사클란트 제국과의 동맹입니다."

"동맹이라."

"이번 사태로 남부 연합 왕국의 힘만으로 마왕군의 침공을 막아 내는 게 어렵다는 것을 느끼셨을 겁니다. 과거 악연이 있었다는 건 알고 있지만. 마왕군의 침공을 막아 낼 때까지는 힘을 합치는 게 좋지 않을까요."

"그렇게 하겠습니다. 공간 이동 게이트도 계속 유지하고요."

엘프 왕국의 여왕 엘란은 이번에도 순순히 동의했다.

'역시 편하네.'

인간들이었다면 이리저리 조건을 달며 간을 봤을 수도 있는데.

확실히 합리적인 엘프는 결정이 빨랐다.

"마지막 세 번째로는 남부 연합 왕국의 보고를 개방해 주셨으면 합니다."

강현수의 말에 지금까지 거침없이 콜을 외쳤던 엘프 왕국의 여왕 엘란이 멈칫거렸다.

"단순히 구경만 하겠다는 뜻은 아니시겠죠?"

엘프 왕국의 여왕 엘란의 물음에 강현수가 고개를 끄덕였다.

"그건 저 혼자 결정할 수 있는 일이 아닙니다."

"알고 있습니다. 상의할 시간은 충분히 드리도록 하겠습니다."

"긍정적인 결과를 드릴 수 있도록 노력하겠습니다."

그걸 끝으로 강현수와 엘프 왕국의 여왕 엘란의 대화가 끝났다.

'꼭 허락해 줘야 하는데.'

그 안에 잠들어 있는 것들을 얻어야 마왕군과의 전쟁에서 승리할 확률이 올라간다.

'회귀 전에는 그 가치를 너무 늦게 알아본 아이템들이 많아.'

로크토 제국과 사클란트 제국에도 그런 경우가 있었고 강현수가 가지고 와서 쏠쏠하게 써먹고 있었다.

그러나 남부 연합 왕국은 사정이 달랐다.

'굳이 내가 써먹거나 소환수들에게 주지 않더라도 활용 가치를 알려 주면 쏠쏠하게 힘을 발휘할 물건들이 꽤 있지.'

하지만 그중 하나는 꼭 강현수가 취해야 했다.

'다는 아니더라도 일정 수량은 허락해 주겠지.'

강현수로서는?

그거면 충분했다.

3일의 시간이 흘렀고.

저주받은 투신갑 세트가 축복받은 투신갑 세트로 변했다.

'좋네.'

유일한 단점이던 힘 스텟이 장점으로 변했다.

괴력 스킬을 가진 강현수의 힘을 고려하면?

'마왕도 내 힘을 넘어서지는 못하겠지.'

강현수의 얼굴이 환해졌다.

'보고 개방은 어떻게 됐으려나?'

강현수가 기대 어린 표정으로 엘프 왕국의 여왕 엘란을 바라봤고.

"10개의 품목을 드리기로 했습니다."

비록 수량에 제약이 걸리기는 했지만.

'그 정도면 충분하지.'

사실 5개 정도만 허락해 줘도 필수 아이템은 모두 습득이 가능했다.

"바로 보고로 가시겠습니까?"

"안내를 부탁드립니다."

"따라오시죠."

엘프 왕국의 여왕 엘란이 강현수를 남부 연합 왕국의 보고로 안내했다.

"편하게 둘러보시길."

엘프 왕국의 여왕 엘란의 말에.

"배려에 감사드립니다."

강현수가 본격적으로 남부 연합 왕국의 보고 탐사를 시작했다.

'도대체 뭘 가지고 가려고 저러는 거지?'

엘프 왕국의 여왕 엘란이 호기심 어린 표정으로 강현수를 주시했다.

엘프 왕국의 여왕 엘란을 포함해 각국의 국왕들이 강현수에게 남부 연합 왕국의 보고를 개방한 이유는 간단했다.

'쓸 만한 건 이미 다 사용 중이니까.'

보고라고는 하지만 사실상 계륵이나 다름없는 아이템을 모아 놓는 창고나 다름이 없었다.

그런데 왜 보고에 있는 아이템을 요구했을까?

남부 연합 왕국의 국왕들로서는 궁금할 수밖에 없었다.

특히 그중에서도 엘프 왕국의 여왕 엘란은 그 궁금증이 컸다.

엘프 왕국의 여왕 엘란의 고유 스킬은 진실의 눈.

진실의 눈은 플레이어뿐 아니라 아이템에도 그대로 적용된다.

'이곳에 진실의 눈으로 꿰뚫어 보지 못한 효력을 지닌 아이템이 있을 리가 없는데.'

엘프 왕국의 여왕 엘란이 의문 섞인 시선으로 강현수를 주시하고 있을 때.

강현수가 만족스러운 미소를 지으며 스킬북 하나를 집어 들었다.

'저걸 선택했다고?'

강현수가 선택한 스킬북을 목격한 엘프 왕국의 여왕 엘란의 머릿속이 복잡해졌다.

강현수가 선택한 스킬북의 이름은 희생의 용기.

EX랭크의 스킬북이기는 하지만.

'저걸 선택할 이유가 없을 텐데.'

스킬북 희생의 용기는.

'레벨을 영구적으로 희생해 일시적으로 스텟을 증폭시켜 주는 스킬인데.'

저건 죽을 생각이거나 플레이어로서의 미래를 버릴 생각이 아니고서는 절대 사용할 수 없는 스킬이었다.

한번 발동시킬 때마다 현재 레벨의 절반을 소진시키기 때문이다.

물론 효과는 좋다.

소진된 레벨에 해당하는 스텟을 300% 증폭시켜 주니까.

발동 시간도 길다.

그렇지만.

'그래 봐야 단점이 더 큰 스킬인데.'

엘프 왕국의 여왕 엘란으로서는 강현수가 왜 저 스킬북을 선택했는지 도저히 이해할 수가 없었다.

그러나 강현수 입장에서는?

'역시 대박이네.'

레벨만 희생시킨다.

그 말은?

'스킬 강화처럼 스텟은 바닥이고 레벨만 높을 때는 페널티

가 없는 거나 마찬가지라는 말이지.'

강현수 입장에서는?

이보다 더 좋은 스킬이 없었다.

'희생의 용기를 시전한 상태에서 이중 야수화 스킬을 사용하면 최고의 효율을 낼 수 있겠지.'

쿨타임이 12시간으로 조금 길기는 하지만.

'그 정도야 문제 될 게 없지.'

왜냐면 발동 시간이 무려 12시간이나 되었으니까 말이다.

사실상 레벨만 높다면?

'무한대로 사용이 가능하지.'

단 강현수 한정이었다.

다른 최상위 플레이어가 희생의 용기를 연속으로 사용하면?

'레벨이 계속해서 반 토막이 나니까.'

순식간에 최상위 플레이어에서 최하위 플레이어로 추락할 수 있었다.

스킬명처럼 자신을 희생할 용기가 있어야만 사용이 가능한 스킬이었다.

'나한테는 아니지만.'

회귀 전 이 스킬을 사용한 인물은 드워프 왕국의 플레이어로.

'왕의 칭호를 가지고 있는 전사였음에도 신의 칭호를 가지

고 있는 이들을 능가하는 엄청난 위용을 보여 줬지.'

단 12시간 후 곧바로 전력 외 판정을 받을 수밖에 없었지
만.

'그건 나랑 상관없는 일이지. 그럼 다른 보물을 찾아볼까?'

강현수가 환한 미소와 함께 다시 보물 탐험을 시작했다.

'찾았다.'

그 후 발견한 보물들도 희생의 용기와 비슷한 계륵 격의
아이템들이었다.

스탯을 소모해 스킬의 위력을 강화시킨다거나.

수명을 깎아 스탯과 스킬을 상승시킨다거나 하는.

다른 플레이어였다면?

'사용하기 위해서 엄청난 각오가 필요하지.'

그러나 강현수와 소환수들에게는 아무런 상관이 없었다.

스탯을 깎는다?

강현수에게는 큰 페널티가 아니다.

수명이 줄어든다.

애초에 수명이랄 게 없는 소환수들에게는 아무런 의미가
없었다.

총 10개의 아이템을 선택한 강현수가 밝은 표정으로 남부
연합 왕국의 보고를 빠져나갔고.

엘프 왕국의 여왕 엘란은 여전히 의문을 풀지 못한 상태였
다.

몇몇 아이템의 용도는 알 수 있었지만.

희생의 용기를 포함한 몇몇 아이템의 경우는 도무지 어떻게 사용할 건지 감을 잡을 수 없었기 때문이다.

'내가 모르는 뭔가가 있다.'

그게 아니라면 저런 아이템을 선택할 리가 없었다.

하지만 크게 중요한 건 아니었다.

'오히려 다행이야.'

강현수가 선택한 아이템들은 남부 연합 왕국의 입장에서는 그리 쓸 만한 것들이 아니었다.

오히려 남부 연합 왕국이 멸망의 위기에 몰렸을 때 아군의 희생을 각오하고 사용해야 하는 아이템들이었다.

그러니 강현수가 가져간다고 해서 반발이 크게 일어날 일도 없었다.

'아마 이 소식을 전한다면 모두 다행이라고 생각하겠지.'

큰 출혈을 각오했는데.

별다른 피해가 없었으니까 말이다.

'그런데 저자에게는 큰 쓸모가 있는 것 같단 말이지.'

그게 뭘까 하는 의문이 들었지만.

'중요한 건 아니지.'

엘프 왕국의 여왕 엘란은 곧 그 생각을 접었다.

자신에게 쓸모없는 물건이 다른 이의 손에서 보물로 거듭난다고 해도.

오레빌
플레이어

냉정하게 평가해서 배가 아플 수는 있어도 자신들이 손해를 본 건 아니니까 말이다.

거기다 상대는 엘프 왕국의 멸망을 막아 준 은인이자 구원자.

'이 정도 보상으로 친분을 유지할 수 있다면 무조건 이득이야.'

마왕군의 침공이 이게 끝일 리가 없었으니까 말이다.

※

남부 연합 왕국에서의 위기가 종결되고 아이템까지 챙겼다.

'1차 목표는 끝났어.'

투신갑의 저주도 풀었고 원하던 스킬북과 아이템도 손에 넣었으니까 말이다.

그러나 2차 목표는 이루지 못했다.

'남부 연합 왕국 소속 신의 칭호를 가진 플레이어들을 휘하에 넣어야 하는데.'

남부 연합 왕국 소속 신의 칭호를 가진 플레이어는 총 세 명이었다.

치유의 여신이라는 칭호를 가지고 있는 엘프 왕국의 여왕 엘란.

대지의 수호신이라는 칭호를 가지고 있는 드워프 왕국의 전사장.

전신이라는 칭호를 가지고 있는 인간 왕국의 플레이어.

'쉽지 않을 것 같은데.'

강현수가 다짜고짜 자신의 휘하로 들어오라고 하면?

'당연히 들어올 리가 없겠지.'

더군다나 엘란의 경우는 일국의 왕이었고.

다른 둘 역시 자국에서는 왕 못지않은.

'어떤 의미에서는 왕보다 더 중요한 위치에 있지.'

골치가 아팠다.

'휘하에 넣어야 필요할 때 소환해서 써먹을 수가 있는데.'

그래야 지휘관 임명과 지휘관의 축복으로 스텟도 올려 주고.

업적도 따박따박 챙겨 주고.

최악의 경우 사망했다고 해도 소환수로 부활시켜 써먹을 수가 있다.

그러나 이건 강현수의 입장일 뿐.

'그 셋을 설득하기는 부족하지.'

특히 남부 연합 왕국은 자기들끼리는 똘똘 뭉쳐도.

타국인에게는 적대적이다.

특히 제국인에게는 적대감이 더 증가했다.

'차라리 그놈들이 편했는데.'

섬광도신, 파천권신, 무극신, 마도신.

이 네 사람이 먼저 시비를 걸어 명분을 만들어 준 덕분에.

손쉽게 휘하에 넣을 수 있었다.

'시비를 좀 걸어 줬으면 좋겠는데.'

아쉽게도 그럴 확률은 거의 제로에 가까웠다.

엘프 왕국의 여왕 엘란의 경우 오히려 스스로를 낮추고 저자세로 나오지 않았는가?

'역시 진실의 눈 때문이겠지?'

뭐, 진실의 눈이 아니더라도 강현수가 언데드 군단을 쓸어버리는 모습을 봤다면 감히 시비를 걸 생각은 하지 못하겠지만 말이다.

'일단 이야기라도 꺼내 봐야겠어.'

설득이 될지 안 될지는 모르겠지만.

'시도는 해 봐야지.'

강현수는 첫 번째 타깃을 엘프 왕국의 여왕 엘란으로 정했다.

"그런 장점이 있군요."

강현수의 말을 들은 엘프 왕국의 여왕 엘란이 담담한 표정으로 고개를 끄덕였다.

"대신 생사여탈권이 종속되겠죠?"

엘프 왕국의 여왕 엘란의 물음에 강현수가 고개를 끄덕였다.

애초에 거짓말을 할 생각도 없었고.

'어차피 해 봐야.'

진실의 눈을 가지고 있는 엘프 왕국의 여왕 엘란에게는 통하지도 않았다.

"받아들이시겠습니까?"

강현수의 물음에 엘프 왕국의 여왕 엘란이 잠시 고심하던 중 입을 열었다.

"한 가지 조건만 수락해 주시면 받아들이겠습니다."

엘프 왕국의 여왕 엘란의 말에.

'어라?'

강현수의 얼굴이 환해졌다.

솔직히 말해 거부할 확률이 높다고 생각했다.

그런데 조건부지만 어쨌든 승낙을 한 것이다.

"그 조건이 뭐죠?"

강현수의 물음에.

"남부 연합 왕국을 지켜 주겠다고 약속해 주십시오."

엘프 왕국의 여왕 엘란의 말에 강현수가 잠시 고심했다.

사실 그리 어려운 부탁은 아니다.

애초에 강현수의 목표 자체가 아틀란티스 차원의 모든 이들을 지키는 것이었으니까.

하지만.

'거래라는 건 서로가 서로에게 거는 대가가 비슷해야 성립하는 법이지.'

엘프 왕국의 여왕 엘란은 거래의 대가로 자신을 올려놓았다.

자신이 강현수에게 종속되더라도 남부 연합 왕국을 지키겠다는 의지이리라.

그러나.

'그건 수지가 안 맞지.'

강현수의 입장에서 정당한 거래의 조건에 올라갈 수 있는 건?

"엘프 왕국은 지켜 드리겠습니다."

이 정도가 최선이었다.

"이번 언데드 군단의 침공을 막아 드린 것처럼 말입니다."

신의 칭호를 가진 플레이어 하나를 휘하로 넣고 남부 연합 왕국 전체를 지켜 주겠다는 약속을 할 수는 없었다.

물론 그렇다고 남부 연합 왕국이 망하든 말든 방치하겠다는 뜻은 아니었다.

그저 우선순위가 떨어질 뿐.

'그리고 그건 어쩔 수 없는 일이기도 하고.'

강현수의 휘하 지휘관이 된다면?

연대장 직책을 받고 그만큼의 연대로 이루어진 소환수들의 지휘권을 확보할 수 있다.

이것만 해도 큰 힘이고.

'만약의 경우 소환수 교환 스킬을 사용할 수도 있지.'

휘하에 데리고 있는 소환수 하나를 사단장급 소환수와 교체하면?

순식간에 사단급 병력을 지원하는 게 가능하다.

그러나 강현수 휘하의 지휘관이 아니라면?

'그런 식의 지원은 불가능하지.'

물론 사클란트 제국의 경우처럼 강현수가 휘하 소환수를 대기시켜 놓으면 가능하지만.

'아무런 대가도 없이 그런 호의를 베풀 수는 없지.'

그것도 남부 연합 왕국이 지불할 수 있는 대가가 있는 상태에서는 더더욱 말이다.

"제 가치는 그게 한계인 모양이군요? 그럼 엘프 왕국은 어떻게 지켜 주실 생각인지 여쭤볼 수 있을까요?"

엘프 왕국의 여왕 엘란의 물음에 강현수가 차분하게 설명을 시작했다.

직업인 일인군단의 정보 일부가 풀리는 격이지만.

어차피 휘하로 들어올 인물이니 상관없었다.

엘프 왕국의 여왕 엘란이 말을 바꿔 화를 자초할 정도로 어리석은 인물은 아니었으니까 말이다.

"이해했습니다. 휘하에 들어가겠습니다."

엘프 왕국의 여왕 엘란은 강현수의 설명을 듣고 결정을 내렸다.

'생각보다 쉽게 끝났네.'

이렇게 쉽게 일이 풀릴 줄은 몰랐다.

뭐, 솔직히 말해서.

'분위기상 내가 악당이 된 것 같은 기분이 들기는 하지만.'

옆에 있던 엘프 왕국의 중신들은 침통한 표정을 짓고 있었고.

엘프 왕국의 여왕 엘란은 왕국의 백성들을 지키기 위해 자기 자신을 희생하는 듯한 결연한 표정을 짓고 있었다.

'어차피 달라질 건 없을 텐데 말이야.'

강현수 입장에서는?

쓸 만한 전력을 강화시키고 필요에 따라 더 편하게 전투에 동원하기 위해 휘하에 넣었을 뿐이다.

그런데 엘프들은 마치 자신들의 여왕이 자유를 잃고 새장에 갇힌 새 신세가 되는 거라고 생각하는 듯했다.

'앞으로 보여 주면 그만이지.'

마왕군과의 전쟁을 제외하고는 자유를 줄 생각이니 앞으로 차차 나아질 거라고 생각했다.

왜냐하면.

'그래야 다른 놈들도 휘하로 꼬시기 좋을 테니까.'

엘프 왕국의 여왕 엘란이 남부 연합 왕국에 끼치는 영향력을 생각하면?

'여왕이 자유를 누리는 모습을 보면 대지의 수호신과 전신도 내 휘하로 들어올 확률이 높아.'

과거 빙화신검을 시작으로 다른 신의 칭호를 가진 플레이어들이 줄줄이 강현수의 휘하에 들어왔던 것처럼 말이다.

0레벨
플레이어

광살마인

　엘프 왕국의 여왕 엘란을 휘하에 넣은 후.

　강현수는 다시금 사냥터로 떠났고 평소의 일상으로 돌아 갔다.

　남부 왕국에서의 일이 너무 술술 풀렸기 때문에 더 이상 머무를 필요가 없었다.

　'지금처럼만 하면 충분해.'

　마왕군의 침공을 막아 내며 아군의 전력을 상승시키고.

　천천히 신의 칭호를 가진 플레이어와 인류 공적들을 휘하 에 넣으면.

　회귀 전과는 다른 결과를 맞이할 수 있으리라.

　그렇게 빠르게 시간이 흘러가던 어느 날.

─소도시 카리오에 사는 플레이어와 일반인이 전멸당했습니다.

강현수의 귀에 한 가지 보고가 들어왔다.

─전멸?

─예.

─이유는?

─현재 조사 중입니다.

─몬스터일 확률은 없겠지?

─예, 철저하게 증거를 인멸한 것으로 보아. 마족이나 플레이어의 소행일 확률이 높습니다.

보고를 올린 인물은 중화길드의 수장 멸마창왕 진구평이었다.

'마이트어 왕국이라. 역시 그놈인가?'

강현수가 얼굴을 찌푸렸다.

인류 공적 중 하나.

가장 많은 숫자의 사람을 학살한 연쇄살인마.

'광살마인.'

그놈일 확률이 높았다.

'원래 첫 살인을 저지른 곳이 소도시 카리오가 아니었던 걸로 기억하는데.'

다른 소도시였기에.

그 소도시에 소환수 하나를 풀어놓고 감시까지 해 놓고 있었는데.

'바뀌었네.'

강현수가 한 행동이 광살마인에게는 별다른 영향을 미치지 않을 줄 알았는데.

그게 아니었던 모양이다.

'하긴 마이트어 왕국의 힘의 균형이 꽤 바뀌었으니까.'

그뿐 아니라 그간 강현수의 활약으로 수많은 이들의 생사가 바뀌었을 것이다.

'광살마인이 아예 등장하지 않을지도 모른다고 생각했는데 그건 아니었던 모양이네.'

광혈마녀 유카의 경우처럼 사람으로 인한 각성이라면?

그 사람의 생사가 바뀌지 않는 이상은 정해진 운명과도 같았다.

'최대한 빨리 잡아야지.'

광살마인은 위험하다.

'그놈의 직업 스킬이 문제야.'

생명을 가진 적을 죽이면 죽일수록 빠르게 강해진다.

'몬스터를 학살해 힘을 키우는 식이었으면 좋겠지만.'

인류 전체에 대한 강한 원망과 원한을 가지고 있는 광살마인은 일정 수준 이상의 힘을 키운 이후 곧바로 행동을 시작하고.

'수많은 이들을 죽이며 엄청나게 빠른 속도로 성장한다.'

광살마인에게 시간을 주면 더 많은 희생자가 나올 것이고.

'그게 광살마인을 더 강하게 만들어 주겠지.'

강현수 입장에서 광살마인은 최대한 빨리 제거해 소환수로 만들어야 할 존재였다.

괜히 마리오네트 스킬을 사용하거나 휘하에 넣는 식으로 컨트롤하려고 해 봐야.

'실패할 확률이 높으니까.'

그렇다고 단 한 명에게만 시전이 가능한 영속지배를 사용하기는 아까웠다.

'뭐, 회귀 전의 마지막 모습이라면 충분히 그럴 만한 가치가 있지만.'

그렇게 성장하기 위해서는?

족히 수천만의 생명이 희생되어야 한다는 점이 문제였다.

'그게 몬스터라면 괜찮겠지만. 플레이어와 일반인도 포함되어 있으니까.'

다른 이들의 피해가 더 커지기 전에 잡아야 했다.

'겸사겸사 스킬도 얻고.'

레플리카 스킬의 남은 한 자리.

그걸 광살마인이 가진 스킬로 채울 생각이었다.

문제가 하나 있다면.

'아직 레플리카가 SSS랭크라는 거지.'

안타깝게도 남는 자리가 없었다.

'그 전에 성장하면 좋겠지만.'

그렇지 못한다면?

'미래 예지를 삭제한다.'

그 외에는 삭제할 만한 스킬이 없었다.

황소욱이 죽고 스킬 강화를 뱉어 내면?

'스킬 강화를 삭제해도 괜찮겠지만.'

확률이 너무 낮고.

'지금도 쓸 만하니까.'

황소욱은 지금도 열심히 강현수를 위해 몬스터를 사냥하고 경험치를 올리고 있었다.

'그러고 보니 슬슬 부를 때가 되기도 했고.'

한동안 찾아가지 않았으니.

지금쯤 적잖이 레벨을 올렸을 터였다.

'일단은 그놈부터 찾자.'

강현수가 송하나, 투황, 유카를 소집해 마이트어 왕국의 소도시 카리오로 향했다.

※

"여기야?"

"처참하네."

"완전 미친놈이네요."

소도시 카리오에 도착한 송하나, 투황, 유카가 한마디씩 했다.

플레이어의 경우는 시체가 남지 않지만 일반인의 경우는 다르다.

대도시가 아닌 소도시이기에 인구가 그리 많지는 않지만.

아무리 그래도 족히 몇만 명은 살아갔을 법한 소도시다.

그곳에 있던 모든 이들이 학살당한 것이다.

병사들이 시체를 수습하고 있었지만.

그 광경은 무척이나 처참했다.

"추적은?"

강현수가 멸마창왕 진구평에게 물었다.

"탐색과 추적 스킬에 능한 이들을 대거 풀어 추격 중입니다. 그런데 범인을 특정하기가 힘들어서 난항을 겪고 있습니다."

멸마창왕 진구평의 대답에 강현수가 얼굴을 찌푸렸다.

"아직 범인을 특정하지 못한 건가?"

"목격자가 없다 보니 특정할 수가 없었습니다."

멸마창왕 진구평의 말에 강현수가 할 말을 잃었다.

이유는 하나.

'나도 어떻게 생겼는지는 모르는데.'

회귀 전 강현수는 광살마인을 직접 마주친 적이 없었다.

광살마인은 그냥 평범한 20대 남성 플레이어일 뿐.

특별히 두드러지는 외형적 특징이 없었다.

문제는 평범한 20대 남성 플레이어가 아틀란티스 차원에 많아도 너무 많다는 점이었다.

강현수의 경우도 야수화를 해제하면 겉모습은 그저 평범한 20대 남성 플레이어일 뿐이다.

사실 그거라도 알려 주면 도움이 되겠지만.

'문제는 그놈이 변장 스킬의 대가라는 점이지.'

도플갱어처럼 성별까지 자유자재로 변형하는 건 아니지만.

나이, 체형, 키 정도는 얼마든지 바꿀 수 있었다.

"문제는 범인을 특정한다고 해도 흔적이 너무 많아 추적이 힘들다는 점입니다."

중요한 건 외형이 아니라 흔적이다.

'문제는 유력한 흔적을 찾기가 힘들다는 거고.'

아무리 소도시라고는 하지만.

성문을 오가는 사람은 하루 수천 명이 넘는다.

그들의 흔적을 일일이 추적하는 것 자체가 엄청난 노가다일 수밖에 없었다.

"근처 도시들의 대응은?"

"외부에서 온 이들을 모두 도시 밖에 대기시키고 있습니다."

'그나마 다행이네.'

사고를 치면 빠르게 알려지고 포위망이 갖춰질 것이다.

'사고를 치기 전에 잡는 게 최선인데 골치 아프네.'

그나마 회귀 전보다는 상황이 나았다.

강현수의 지시로 단순히 마이트어 왕국에서 자체적으로 범인을 추적하는 게 아니라.

로크토 제국이 대대적으로 탐색과 추적 스킬이 뛰어난 이들을 파견했으니까 말이다.

'다음 학살을 벌이기 전에 찾아야 하는데.'

강현수도 광살마인의 얼굴을 모른다는 게 가장 큰 문제였다.

지금으로서는?

강현수의 눈앞에서 광살마인이 대놓고 지나가도 찾을 방법이 없었다.

'진실의 눈이라면 꿰뚫어 볼 수 있을까?'

엘프 왕국의 여왕 엘란이 가진 고유 스킬 진실의 눈은 웬만한 건 다 꿰뚫어 본다.

'충분히 가능할 거 같은데.'

대참사가 발생한 소도시 카리오를 중심으로 노가다 수색을 하면?

'찾을 수 있을지도 몰라.'

거기다 주변 도시에 외부인을 도시 밖에 대기시키고 있으니.

'도시 내에 거주하는 수만 명을 대상으로 검사할 필요는 없어.'

문제가 있다면 일국의 여왕을 살인마 수색 노가다에 동원해야 한다는 건데.

'뭐, 찾는 놈이 보통 놈은 아니니까.'

훗날 필요할 때 적절한 도움을 준다고 하면?

거절하지는 않을 것 같았다.

강현수가 엘프 왕국의 여왕 엘란에게 사정을 설명했고.

─그렇게 하겠습니다.

엘프 왕국의 여왕 엘란은 순순히 수락했다.

─그럼 지금 소환할게.

─네.

엘프 왕국의 여왕 엘란의 대답을 들은 강현수가 그녀를 소환했다.

슈욱!

"신기하군요."

방금 전까지 엘프 왕국에서 대지 정화와 복구에 여념이 없었던 엘프 왕국의 여왕 엘란은 자신이 순식간에 대륙에 있는 마이트어 왕국에 도착했다는 사실에 적잖이 놀랐다.

"사건이 종결되면 바로 돌려보내 줄게."

강현수가 엘프 왕국에 남겨 놓은 소환수와 엘프 왕국의 여왕 엘란의 위치를 소환수 교환 스킬로 바꾸면?

순식간에 돌려보낼 수 있었다.

"배려에 감사드립니다."

"시간이 없어서 바로 움직여야 하는데 괜찮겠지?"

"물론입니다."

엘프 왕국의 여왕 엘란이 환한 미소를 지으며 고개를 끄덕였고.

"으흠."

송하나는 뭔가 찜찜한 표정을.

"이익!"

유카는 분한 표정을 지었다.

그러나 강현수는 두 사람의 표정을 신경 쓸 여유가 없었다.

"그럼 바로 움직이지."

강현수가 공간 이동 게이트를 통해 바로 근처의 도시로 이동했다.

근방의 도시들을 샅샅이 수색하다 보면?

'분명히 찾을 수 있을 거야.'

라고 생각했었는데.

'왜 없냐.'

가슴이 답답해졌다.

'혹시 변장 스킬을 사용하지 않고 있는 건가?'

그럼 알아볼 방법이 없다.

'그게 아니면 사냥터에서 숨어 지내는 건가?'

온갖 가정이 다 들었다.

그러나 지금으로서는 계속해서 수색하는 수밖에 없었다.

'밖에 없으면 도시 내부라도 뒤져 보자.'

가만히 있는 것보다는 그게 더 나았다.

강현수가 엘프 왕국의 여왕 엘란을 데리고 도시 이곳저곳을 옮겨 다니며 수색을 하던 중.

–저 사람 원래 모습을 스킬로 숨기고 있어요.

드디어 엘프 왕국의 여왕 엘란이 변장 스킬을 시전하고 있는 플레이어를 찾아냈다.

강현수의 눈에 엘프 왕국의 여왕 엘란이 가리킨 플레이어는 40대 중반 정도의 원주민 외형을 하고 있었다.

–본래 모습은 어떻지?

–20대 초중반으로 보이는 지구의 동양인이에요.

'제대로 찾은 거 같은데.'

일단 확인이 필요했다.

엉뚱한 사람일 수도 있었으니까 말이다.

확인 방법은 간단했다.

'그 스킬을 보유했는지 확인하면 그만이야.'

레플리카를 계속해서 시전하면?

그 스킬을 가지고 있는지 아닌지 확인이 가능했다.

'그 전에 한번 도전은 해 보자.'

강현수가 황소욱을 호출했다.

슈욱!

"어?"

황소욱이 강현수 앞에 모습을 드러냈다.

－시전해.

강현수가 레플리카 스킬을 오픈하며 지시하자 황소욱이 기계적으로 스킬 강화를 시전했다.

'제발.'

레플리카 미래 예지를 버려도 상관없기는 하지만.

북부의 몬스터 웨이브를 예지했던 것 때문에 버리기가 아까웠다.

그때.

[고유 스킬 레플리카가 SSS랭크에서 EX랭크로 성장하였습니다.]

다행히도 오랜 시간 정체되어 있던 고유 스킬 레플리카가 EX랭크로 성장했다.

'당연히 올라야지. 그동안 처먹은 경험치가 얼만데.'

황소욱을 소환하기 전에 강현수가 스킬 강화를 시전했을 때 오르지 않아 아쉬워했는데.

다행히 황소욱이 그간 쌓아 온 경험치가 큰일을 했다.

'역시 혼자보다는 둘이 빠르네.'

강현수가 홀로 스킬 강화를 사용해 경험치를 퍼부었을 때보다.

황소욱과 둘이 함께 경험치를 퍼부으니 확실히 성장이 빨랐다.

'이제는 다른 스킬을 성장시킬 수 있어.'

그간 스킬 강화를 온전히 레플리카에만 쏟아부었다.

그러나 이제는 사정이 달라졌다.

'아직 EX랭크로 성장시켜야 할 스킬들이 꽤 많거든.'

두 번째 타깃은 바로 스킬 강화였다.

'스킬 강화를 우선 EX랭크로 만든다.'

왜?

그래야 다른 스킬들의 성장이 촉진될 테니까 말이다.

'그다음은 뭘로 하지?'

마력의 심장이나 스텟 고정 같은 경우는?

사용하다 보면 자동으로 EX랭크에 도달할 확률이 높았다.

'괴력, 스킬 증폭, 융합 같은 스킬들은 아직 멀었지.'

일단 스킬 강화를 EX랭크로 만들고.

'차근차근 모두 EX랭크로 만들면 그만이야.'

그 후에는 레플리카를 EX랭크 이상으로 만드는 데 도전할 생각이었다.

'그건 나중 일이고.'

지금 가장 좋은 건?

레플리카 스킬의 자리가 하나 늘었다는 점이었다.

강현수가 엘프 왕국의 여왕 엘란이 변장 스킬을 사용했다고 말한 대상을 향해 레플리카 스킬을 시전했다.

다음 권으로 이어집니다

0레벨
플레이어

One for all
원포올

일라잇 스포츠 장편소설

작렬하는 슛, 대지를 가르는 패스
한계를 모르는 도전이 시작된다!

축구 선수의 꿈을 품은 이강연
냉혹한 현실에 부딪혀 방황하던 중
운명과도 같은 소리가 귓가에 들어오는데……

당신의 재능을 발굴하겠습니다!
세계로 뻗어 나갈 최고의 축구 선수를 키우는
'One For All' 프로젝트에, 지금 바로 참가하세요!

단 한 번의 기회를 잡기 위해
피지컬 만렙, 넘치는 재능을 가진 경쟁자들과
최고의 자리를 두고 한판 승부를 벌인다!

실력만이 모든 것을 증명하는
거친 그라운드에서 당당히 살아남아라!

기갑천마

거짓이슬 퓨전 판타지 장편소설

종말을 막지 못한 절대자
복수의 기회를 얻다!

무림을 침략한 마수와의 운명을 건 쟁투
그 마지막 싸움에서 눈감은 무림의 천하제일인, 천휘
종말을 앞둔 중원이 아닌 새로운 세상에서 눈을 뜨는데……

"천휘든 단테든, 본좌는 본좌이니라."

이제는 백월신교의 마지막 교주가 아닌 평민 훈련병, 단테
그럼에도 오로지 마수의 숨통을 끊기 위해
절대자의 일 보를 다시금 내딛다!

에이스 기갑 파일럿 단테
마도 공학의 결정체, 나이트 프레임에 올라
마수들을 처단하고 세상을 구원하라!